La verdadera historia de Malinche

La verdadera historia de Malinche

Fanny del Río

La verdadera historia de Malinche

Primera edición en Uruguay: abril, 2009
Segunda reimpresión en México: marzo, 2010

www.rhmx.com.mx

Comentarios sobre la edición y el contenido de este libro a:
literaria@rhmx.com.mx

La presente obra se publica en colaboración con Fundación TV Azteca A. C.

Vereda núm. 80, col. Jardines del Pedregal, C. P. 01900, México, D. F.
www.fundacionazteca.org

ISBN 978-607-429-593-1

Impreso en México / *Printed in Mexico*

A Carlos José Vargas Quijano
A nuestros hijos, Martín y Carlos

La certeza de nuestra muerte es fuente de vida,
y en la religiosidad implícita en la obra de arte
triunfa la vida sobre la muerte.

Luis Barragán

El olvido histórico, incluso el yerro histórico,
constituyen factores sustanciales en la formación
de una nación, y —por la misma razón— el avance,
el progreso de la historia [...] es,
con frecuencia, un peligro para la nacionalidad.

Ernest Renan

En el arte de todos los tiempos
y de todos los pueblos impera
la lógica irracional del mito.

Edmundo O'Gorman
(según Luis Barragán)

¿Conque he de irme, cual flores que marchitan?
¿Nada será mi nombre alguna vez?
¿Nada dejaré de mí en la tierra?
Al menos flores, al menos cantos:
¡Haré un haz de flores en que perduren mis palabras!

Poesías mexicanas

El cielo y la tierra pasarán,
mas mis palabras no pasarán.
Mateo, 24:35

Índice

Carta primera

A don Martín Cortés, de su madre, Marina Tenepoalti, ciudad de México-Tenochtitlan, reino de la Nueva España, en el mes de julio de 1530, año del Señor. Resumen y explicación que han de darse de las cartas que aquí se entregan.

Han transcurrido tantos años desde la última vez que miré tu rostro, tan serio aun cuando eras pequeño como un colibrí, que tengo miedo de sólo pensar que ya no recuerdes a Malinali. Soy yo, mi chiquito, la princesa Malintzin, doña Marina; ¿acaso me has olvidado?

Perdona, hijo mío, es una costumbre de las madres comenzar por las reclamaciones, como si no supiéramos que la infancia nos ronda, cual un animal herido, en el desolado silencio del campo de batalla, en el lamento de agonía de los más bravos soldados, en los accesos febriles y el delirio y en las taras seniles de los ancianos. Así pasen más de cien mil katunes y aunque hayas olvidado todo lo demás, tu niñez persistirá en tu corazón.

Voy a pedirle a Juan Jaramillo que encuentre la forma de entregarte estas cartas cuando seas un hombre, a fin de que conozcas mi verdadera historia, Martín Cortés, y puedas juzgarme con cristiana misericordia.

Antes que nada, debes saber que durante los primeros tiempos en que acompañé a tu padre, don Fernando, en la misión de conquistar y evangelizar la Nueva España, aprendí el castellano para preservar mi vida, pues mientras tuviera en el entendimiento tan importante herramienta, acompañaría el establecimiento del reino de Dios en territorio vencido, ya que la lengua siempre marcha a la par de los imperios, como puede fácilmente verse hoy en México, donde apenas si se habla otro idioma que el del conquistador. El uso del alfabeto, por otra parte, me parece a mí que es mucho mejor que los dibujos en los libros de nuestros padres indios, porque permite poner en un papel todas las palabras que decimos, y aun las que pensamos, con lo que siento como si ahora pudiera estar contigo, siendo que estás tan lejos, haciéndote ver lo que es mi deseo que sepas de tu madre, doña Marina.

Voy a contarte todo como pasó, Martín Cortés, no como lo narró a la Corte don Fernando, sino como lo sufrí yo, Malinali, la heredera traicionada, la esclava india que aceptó la hostia y, con ella, el nombre de Marina, la que vio llorar a tu padre dos veces, al pie de un ahuehuete y durante tu nacimiento, la que sabía náhuatl y maya y aprendió la lengua de Castilla, y anduvo todos los caminos y luchó todas las guerras y dominó su náusea para no enfermarse con el vaho de la muerte y el espantoso hedor de la sangre pudriéndose. Soy ésta, la que ha aprendido a perdonarlo todo porque yo voy a necesitar que me perdonen a mí, que me dispensen todo el perdón del universo en adelante, que me perdones tú, Martín Cortés, hijo de Malinche.

Cuando eras un niño en mi seno te dije, esperando que algún día lo comprendieras, que nos había tocado vivir un tiempo difícil en un mundo nuevo, en el que un día podías ser admirado y respetado y al otro aborrecido y repudiado, pero que tú siempre debías tener por cierto que tu padre, mi Capitán, había sido el más grande de los servidores de nuestro rey, el emperador Carlos I de España y V de Alemania, y que tu madre, Malinali, princesa de Coatzaqualco, lengua y mujer de don Fernando, fue de mucha utilidad para que pudiera hacerle tantos servicios como hizo a su sacra majestad.

Ahora acusan a Cortés de haberse apoderado del oro del rey, de no obedecer la Real Audiencia, de gobernar con tiranía a los indios y con soberbia a los soldados de Castilla.

Ahora dicen que vendí a mi gente a la esclavitud y a la deshonra, que a nuestros enemigos entregué la dignidad y el alma de mi raza, que soy responsable de la ruina de los hombres y las mujeres del gran pueblo mexicano, que debí entregar a don Fernando a la guadaña. Se cree, Martín, que en mis manos estaba impedir la ruina de México-Tenochtitlan, que de no haber sido por mi ayuda, Cortés habría sucumbido al numeroso ejército de héroes culhúa que hubo bajo el mando de Cuitláhuac y Cuauhtémoc. Dicen que pude haber frenado la matanza.

Como si fuera posible cambiar el curso del destino.

Me señalan como madre de los hijos del nuevo tiempo mexicano, cientos de niños y niñas sin raíz ni pasado, vagabundos y mendigos, debilitados hasta la imbecilidad por el hambre y el abandono; se dice que personifico la traición y que soy la encarnación de la vergüenza; que por mi culpa, los mexicanos piensan en sí mismos como escoria.

Eso, eso es lo que se dice de mí. Por eso quiero contarte mi historia y que seas tú quien me juzgue. Porque fíjate, Martín: hubieras podido ser el heredero de la princesa Malinali, señora de Coatzaqualco, cacica poderosa y respetada; habrías podido ser un hijo de nobles y andarías por los senderos de Dios sembrando inquietud en los corazones de las doncellas, que soñarían con tu abrazo de tigre en las noches de luna llena. Si el destino de Malinali no hubiera torcido su rumbo, no habría sido necesario que te legitimara nadie ni habría tenido yo que forjar tu suerte.

Piensa: mi infancia rota sólo tras la gran enseñanza, el huehuehtlahtolli de mi padre, palabras contundentes como cuentas de jade, delicadas como plumas de aves, preciosas como esmeraldas, para la heredera de su carne, la princesa Tenepoalti:

> Aquí estás, hijita, collar de piedras finas, plumaje de quetzal. Nacida de mí con forma femenina, creada a mi semejanza. Tú eres mi sangre: mi rostro, mi imagen está en ti. Ahora, escucha: vives, has venido a nacer aquí, sobre esta tierra, te ha echado a ella el Señor del Universo, Aquél que inventó a los hombres, para que vinieras a mirar por ti misma, a darte cuenta de qué es aquí esta tierra, donde el aliento se rinde, donde crece y surge el abatimiento y el dolor. Un viento de obsidiana sopla y la felicidad es corta y nos hiere. No es

> verdad que venimos a vivir en la tierra. Sólo venimos a dormitar, sólo venimos a soñar. Un soplido en la tierra, eso somos. Aun el jade se rompe, aun el oro se astilla, aun el plumaje de quetzal pierde sus colores. ¡No se vive para siempre en la tierra! Sólo perduramos un breve instante aquí. Un soplido duramos: ¡haz que sea meritorio!

Nunca sabremos qué terrible sino o qué felicidad inconfesable tiene reservado para nosotros el viento Ehécatl, verdadero dios que nos gobierna. Para bien o para mal, ignoramos el futuro, por eso somos incapaces de modificar nuestro camino. Al final, sólo tenemos un puñado de recuerdos enviados por los dioses para atormentarnos, y sólo recuerdos somos. Los verdaderamente afortunados heredarán la fe.

Carta segunda

Donde refiero los acontecimientos de mi infancia como Malinali, que en lengua mexicana quiere decir "trenzar sobre el muslo", porque cuando salí del vientre de mi madre me resbalé de las manos de la partera, quien, al asirme, me dobló en su falda, y decidió de esa manera a la vez mi nombre y mi destino, pues las estrellas indicaban que, como en mi nacimiento, el curso de mi vida tendría varias torceduras.

Yo nací en un lecho de rosas.

Es cierto, hijo mío, que mi infancia fue un continuo día de primavera, hecho a capricho de la princesa Malinali, de raza coatlimeca. Sin sobresaltos y sin más dolores que los naturales en una niña con un temperamento de varón, mi niñez parece haber durado poco, pues apenas tengo de ella un par de memorias felices.

Fui la primogénita y mi padre me reverenciaba. Recuerdo su cabeza altiva y sus ojos brillantes, encendidos como dos carbones. Con esos ojos decía más que con palabras, y yo los estudiaba en silencio, para aprender cuándo estaba pensativo y melancólico, cuándo atento a los sonidos de la selva, cuándo contento. Me gustaba sentarme con él a la orilla del río y ver pasar el agua tersa, fresca como un brazo de doncella.

Aunque fue un gobernante dedicado a los temas de su estado, su mayor pasión no era el reino de este mundo, y a menudo pasaba la noche en vela, inmerso en el estudio de los cuerpos celestes. Se había hecho construir una torre, siguiendo las indicaciones del mismo arquitecto que diseñara el observatorio de Motecuhzoma Xocoyotzin en uno de sus 10 palacios de México-Tenochtitlan, y muchas veces se hacía acompañar por mí en su contemplación de las estrellas. Imposible saber que, años después, convertida en doña Marina y al frente del ejército triunfante, entraría una noche aciaga al torreón donde el tirano mexicano había entretenido su afición por los órdenes astrales que, tempranamente, le revelaron augurios nefastos, muy decisivos en su derrota, pues amén de idólatra era supersticioso.

Si bien yo tenía escasos años para comprender los complicados cálculos en que se funda la astronomía, en el deseo de encaminarme en el aprendizaje de esa tan docta ciencia mi padre me enseñó a dominar el arte numérico, lo cual me fue de enorme provecho, sobre todo en el diseño de la estrategia de la guerra que libré junto a Fernando Cortés, a fin de liberar a esta Nueva Tierra del imperio mexicano, y para poder mejor dar cuenta al Capitán de las reclamaciones de los jefes de las naciones sometidas. Sólo tu padre sabía de esta, por así llamarla, habilidad mía, porque pronto tuve oportunidad de comprobar que a nadie agrada una mujer que la posea, y despierta en los demás al temible monstruo del recelo; pero te aconsejo, Martín, que pongas tú mucho esmero en adquirir este conocimiento, pues no lo hay mejor ni más útil; y con ello honrarás la estirpe de tu abuelo y su memoria.

Quizás en parte por su devoción hacia esta ciencia, que a un tiempo hace a un hombre sabio y humilde, mi padre estimaba por encima de todas las virtudes la del comedimiento. Jamás lo oí alzar la voz, lo que por otra parte no resultaba necesario, pues la naturaleza lo había dotado con el don de mando. Era firme, pero tenía la mirada triste de aquellos cuyo corazón es puro; acaso por ello, en su persona no se confundían respeto y temor.

Una tibia mañana, muy temprano, salí corriendo a recibirlo, ya que volvía de uno de sus largos viajes por el cacicazgo; mi emoción era doble, pues a la de verlo se sumaba la de recibir un obsequio, que siempre traía al regreso para su princesa. Apenas nos habíamos encontrado cuando escuchamos gritos de las lavanderas: dos hijos de las esclavas habían caído al río. Uno de los niños alcanzó la orilla y se puso a resguardo; el otro desapareció en la espiral de un remolino. Por más que su madre gritó su nombre, no lo vimos más. Todo sucedió tan deprisa que no hubo tiempo de actuar. Luego, se alargó el día y pasamos mucho rato en la ribera, los ojos fijos en la corriente. Mi padre organizó expediciones exploratorias a lo largo del río, pero la llegada de la noche sepultó del todo la esperanza de encontrar al muchachito con vida. Cansada y hambrienta, ansiosa por llegar a nuestra casa y disfrutar de mis regalos, me quejé con mi padre. Él me lanzó una mirada severa que me enmudeció; luego dispuso que se encendieran antorchas para continuar la búsqueda. Avergonzada, bajé los ojos. Ese día aprendí, de una vez y para siempre, a nunca lamentarme de mi suerte: cuando hay alguien menos afortunado, y jamás faltará quien lo sea, es indigno hacer alarde del propio sufrimiento. El dolor, si es auténtico, impone un pudoroso manto de silencio.

Antes del amanecer encontraron el pequeño cuerpo sin vida. Mi padre me cargó de regreso hasta la casa y yo me dormí en sus brazos.

Tuve una infancia feliz, preciosa y breve como una flor de jazmín. Mi mundo era confiable y perfecto y jamás pensé que podrían abandonarme sus certezas, hasta que un día, sin anunciarse, llegaron a mi pueblo natal cinco extraños. Se trataba de grandes señores, ya que vestían ropas de un algodón finísimo e inmaculado y llevaban el cabello recogido, atado con un majestuoso lazo bermellón. En una mano sostenían bastones de preciosas maderas perfumadas y, en la otra, flores cuyo aroma embriagador aspiraban a menudo. Parecían ángeles bajados del Paraíso a quienes esas fragancias consolaran de la desdicha de estar tratando con asuntos terrenales. Se movían en silencio, como cinco sombras.

Al enterarse de que estaban en el pueblo, mi madre vigiló de inmediato que se arreglara el aposento principal de nuestra casa, un lugar que, de ordinario, estaba tan perfectamente pulcro que a mí no se me permitía la entrada. A palos mandó a una esclava a traer orquídeas, magnolias y la exquisita flor de tlapalizquixóchitl, para embellecer la casa y perfumar las vasijas de chocolate, y dispuso, con un frenesí rabioso, la elaboración de otras delicias para ofrendar a los distinguidos extranjeros. Eran los cobradores de Motecuhzoma, quien exigía mayores tributos al cacicazgo de Painala.

La elegante presencia de estos recaudadores de tributos imponía más miedo que las huestes de guerreros mexicanos en todo el reino. Incluso mi padre, cuyo rostro yo conocía tan bien, tuvo en sus ojos de capulín un destello de temor que no había visto con frecuencia, aunque su sereno y grave semblante pronto se recompuso.

La ceremonia de la entrevista, que en los tiempos de mi infancia se prolongó una eternidad, finalmente llegó a término, y los recaudadores, dueños de un poder ilimitado, apresaron a mi padre, quien había dejado muy en claro que no empobrecería a su pueblo para saciar al rapaz emperador y sus secuaces. Mi madre les salió al paso y, de rodillas, imploró clemencia; mi padre secamente le ordenó recato.

Nada me había preparado para este desenlace. Al ver que ponían preso a mi padre, corrí muy lejos, hasta caer de rodillas en la tierra, dispuesta a esperar lo peor. Imaginaba que los cielos se cerrarían con nubes cargadas de relámpagos y peligrosas centellas. Imploré a mis dioses protección para mi padre y les ofrecí cuanto poseía, incluso mi vida, a cambio de su libertad; pero nadie acudió a calmar mi desesperación y mi llanto sólo atrajo la curiosidad indiferente de las iguanas. El sol brillaba en su sitio y el orden del mundo permanecía imperturbable; la cigarra reanudó su monótona flauta, ajena a mi conmoción. Un colibrí zumbaba a mi alrededor y una ráfaga de loros, verde y bulliciosa, atravesó el cielo como un rayo; entonces sentí que algo se rompía en mi interior.

No es verdad que venimos a vivir en la tierra.
Sólo venimos a dormitar, sólo venimos a soñar.

Durante varios meses, me dediqué en cuerpo y alma a un silencioso duelo. Mi pueblo ahora me parecía despreciable, pues no podía perdonarle a Painala que hubiera olvidado a mi padre.

Aun el jade se rompe,
aun el oro se astilla,
aun el plumaje de quetzal pierde sus colores.

No tenía ganas de comer, ni de jugar, ni de peinarme. No quería decir mis oraciones y cuando pensaba en cualquiera de mis tareas me invadía un poderoso desgano. Ni siquiera tenía ganas de llorar. Una vergüenza insoportable y dolorosa fue llenándome el corazón. Demasiado pequeña para comprenderlo, lo único que deseaba era morir.

Sólo un soplido en la tierra.
Sólo un breve instante aquí.

Carta tercera

En la que se narra mi traslado al Mayab y las penurias que ahí pasé, hasta el arribo a costas orientales de los hombres de Castilla bajo el mando de don Fernando Cortés, tu padre.

Los súbditos de Motecuhzoma se contaban por miles, pero tenían en común sólo el odio. Aunque hoy nadie quiera escucharlo, cuando llegaron a esta tierra los españoles imperaba una ley salvaje; aunque se haya olvidado, los súbditos del antiguo reino aprendían desde niños a aborrecer al cruel mexica, que sometía a nuestros pueblos y les arrebataba sus riquezas. Yo había sido miembro de la nobleza y mi cama de algodones estaba custodiada por las fuerzas del imperio culhúa, hasta que caí en desgracia de sus dioses; entonces supe que su verdadera cara no era la del buen Quetzalcóatl, sino la de Tezcatlipoca.

Mi padre fue sacrificado con injurias a las máscaras sacrílegas en el téchcatl, la piedra ceremonial. Un afilado facón de obsidiana le arrancó el corazón, cuando aún latía, y por las escalinatas del templo consagrado a Huitzilopochtli rodó su cuerpo herido, se vertió su sangre, se fue golpeando la noble calavera en cada piedra hasta desfigurarle el semblante, su rostro amado.

Mi tatli muerto, despedazado, abierto en dos como un animal, mutilado su pecho viril, en el que tantas veces descansó mi cabeza niña; su corazón, ardiendo en la hoguera de la idolatría para saciar qué impuras, qué falsas herejías; su preciosa casta de noble, usada como estiércol para ungir la faz del falso dios guerrero.

¡El maldito poder de México-Tenochtitlan!

El águila rapaz, devoradora de la flor del cacto, alimentada con sangre de jóvenes, el horrible pájaro imperial con el hocico bermejo mató a mi padre, mi semejante, mi creador, mi amigo, mi protector, guía de mi vida, luz del sol; y yo impotente, Martín, impedida de hacer algo.

La misma ley que me despojó de mi padre me destinó a la tierra de la gente del este, el pueblo de comerciantes ponctunes. El concubino de mi madre, aquel que usurpó su sitio en el lecho que debería haber sido sagrado para ella, era también un mexicano. No lo mentaré ahora por no escupir sobre esta relación destinada a ti, mi corazón; basta que sepas que él hizo a mi madre entregar a Malinali a los traficantes de esclavos para poder darle a su bastardo el cacicazgo, mi legado por sangre.

Empero, de no ser por este intercambio vil, yo no hubiera aprendido la lengua maya ni habría podido servir a Cristo, a su majestad el emperador Carlos y a mi Capitán, don Fernando. Además, los años de esclavitud ayudaron a forjar mi espíritu, por lo que a menudo pienso en Dios como un herrero en la fragua, golpeándonos el ánimo por darle una mejor forma, duradera y sólida, a nuestra persona.

No había cumplido siete años cuando, una noche, me despertó un cuchicheo. Al abrir los ojos vi a una niña a la que cubrían con mis vestidos una esclava y mi madre; ésta, en silencio, esquivaba mi mirada. Cuando cubrieron a la niña con guirnaldas me di cuenta de que estaba muerta y sentí un escalofrío al verla, tan parecida a mí, envuelta entre mis mantas. Pensé que acaso estaría soñando. Luego, dos extraños me arrebataron del lecho y, aterrada, tendí los brazos a mi madre. Ella me miró y creo que tuvo un momento de flaqueza, pero dijo: *Ye on-ixtlauh, ye om-popouh in tayotl, in nanyotl*, "Ya fue cumplido el deber de tu padre y de tu madre, nuestra deuda contigo ya fue saldada". Con estas palabras me entregó a los pochteca, traficantes de niños, que me arrastraron hacia la profundidad de la noche.

Fui obligada a caminar hasta que callaron los grillos; un momento antes del alba descansamos y, a pesar de que, debido al pánico que me embargaba, con todas mis fuerzas infantiles luché para permanecer alerta, no me fue posible vencer el sueño; mas en él no hallé el reposo que habría sido necesario para sosegar mi espíritu y mucho menos en la tenebrosa vigilia que lo sucedió. Incrementaba el miedo la ansiedad que sentía al ver que ninguno de mis rudimentarios conocimientos lograba conducirme a soluciones, y cada vez que estallaba en llanto me sentía abrumada de vergüenza y remordimientos por una conducta que mucho habría decepcionado a mi padre. Al principio pensé en escaparme, pero me aterraba perderme en la selva y terminar devorada por las bestias.

Uno de mis captores era un hombre feroz al que impacientaba con mi debilidad y mi torpeza; cometí la osadía de quejarme de la fuerza con que me sujetaba el brazo, pues sentía que iba a arrancármelo, y por poco me destroza el cráneo con una enorme piedra que levantó sobre mi cabeza. Mis labios inocentes llamaron a mi madre y me sacudieron violentos temblores que lograron alarmar al más joven de los pochteca; tuve la fortuna de causarle tal pena que, durante los días que permanecí a su lado, fue ese extraño quien me brindó la protección y el consuelo que tan cruelmente me negaron aquellos a los que correspondía dispensármelos.

Por extraño que parezca, debo gratitud al siniestro episodio pues, tras el miedo a morir, lentamente recuperé el deseo de vivir, con lo que se demuestra, como dice el proverbio, que no hay mal que por bien no venga.

Sin embargo, Martín, por vez segunda tenía el corazón destrozado, y más dolorosa era ésta, pues al menos mi padre, cuya partida no había sido voluntaria, me había dejado al cuidado de su esposa, confiando en que estaría en buenas manos. Sentía, a pesar de todo, una honda necesidad de mi madre, a la que habría perdonado su traición al instante; tanto anhelaba volver a su regazo.

Viajamos durante 10 días hasta alcanzar Potonchán, el más importante centro comercial del Mayab, donde confluían mercaderes de todo el reino. Me deslumbró tanto movimiento y, sobre todo, su tianquiztli, el mercado. Empecé a pensar que quizás fuera mejor haber salido de mi pueblo, por no ver más a mi madre y su marido, y tuve un efímero momento de felicidad que se esfumó al arreglarse mi venta: tan niña era que me había hecho a la idea de que iba a vivir con los pochteca. Cuando pasé a nuevas manos, comprendí que había sido dada por muerta en Painala y que mi propia madre me había entregado a unos truhanes para quienes yo no significaba nada. Malinali viajaba hacia el infierno conmigo a cuestas.

Con tan lúgubres sentimientos, entré en una casucha, una especie de cueva, donde volvieron con fuerza mis peores temores; ahí nos aguardaba la vieja Tlatocayotiani, una mujer de aspecto cansino que estaba envuelta en una nube de piciyetl, la planta a la que se ha dado por nombre tabaco. Digo que nos esperaba porque ese lugar era el punto de reunión de varios pochteca como los que me habían llevado a mí, y adentro había más mujeres, de diferentes edades y condiciones, algunas con niños muy pequeños.

Aun cuando ninguna provenía, como yo, de familia de gobernantes, habían sido entregadas a esos hombres por sus parientes. Casi todas eran naturales de tierra adentro y hablaban náhuatl, la lengua mexicana. Entre nosotras se encontraba una pequeñita, con no más de cuatro o cinco años, que sollozaba sin consuelo. Otra un poco mayor la tomó en sus brazos y, para sosegarla, le cantó una tonada que nos ablandó a todas:

Por más que haya sido hecha esclava,
por más que haya sido sujeta a servidumbre,
tú lloras en su presencia, y Dios te reconoce.

Sin decir palabra, la vieja nos hacía acercarnos una a una, examinándonos detenidamente mientras aspiraba humo de tabaco por un pequeño canuto; cuando me tocó el turno, no sé por qué tuve el atrevimiento de tomarlo de sus manos. Tragué el humo y sentí un mareo, como si diera suaves giros de trompo. La vieja, que de inmediato se repuso de mi pequeño gesto de audacia, tomó nuevamente el canuto y dijo: "Éste es el único amigo de una esclava".

Antes de irnos, habíamos aprendido a usar polvo de tabaco mezclado con cal para aspirar y para untar en las encías, muy bueno para eliminar el hambre y el cansancio.

Por ser hija de noble, lo que acusaban mis modales y mi aspecto, se me destinó a servir en la casa de una rama de los Cipacti, poderosos dueños de Potonchán. Los Cipacti pertenecían a la raza de los ponctunes, mayas con pasado náhuatl, y eran comerciantes que transportaban en grandes embarcaciones todas sus mercaderías, que provenían desde México-Tenochtitlan hasta las Hibueras.

Mi vida ahí no fue fácil: si bien estaba enseñada en el arte de llevar las tareas domésticas, como cualquier miembro de mi sexo, mi padre había puesto esmero en educarme en temas que convenían a su heredera y la severidad del trabajo no era uno de ellos. Se esperaba de mí que creciera en el estudio de asuntos de estado, como el pago de tributos y la administración de justicia, y he aquí que, en vez de ello, me encontraba trabajando de sol a sol, moliéndome la espalda mientras molía también en el metate el maíz destinado a alimentar a la familia de mi amo; yo misma era un instrumento para el desahogo de los hombres de la casa. Mis días se habían convertido en una rutina de maltrato y de rigor a la que no lograba acostumbrarme y, por sobre todo, de un agotamiento de mis escasas fuerzas de niña que me hacían temer que el quebrantamiento de mi salud pronto me haría del todo inútil. Entonces comprendí bien a la vieja, pues no sé cómo habría dado con la forma de levantarme cada mañana sin la ayuda de mi buen amigo, el tabaco.

¡Qué tristes fueron esos días terribles!

El dolor de perder cuanto una vez fue mío, la traición de quienes esperaba protección y consuelo, el desarraigo al que se me había arrojado, no era nada comparado con la herida de una cruel duda: ¿por qué había merecido lo que me ocurría? Me devanaba los sesos procurando comprenderlo. Por otra parte, ¿qué podía hacer, sino acomodar mi ánimo a esa nueva circunstancia? La pequeña Malinali, que ya no poseía nada, encontró consuelo en poner todo su empeño en hacer de sí misma una sierva complaciente: ¡es tan poderoso en una niña el deseo de agradar!

Una madrugada, el ama me ordenó que la acompañara hasta el puerto y ahí se me informó que me haría a la mar con otro grupo de esclavas; viajaríamos hasta Campeche y, si el tiempo continuaba bueno, más lejos, quizás hasta Chetumal. Aunque en el brazo del Coatzaqualco que pasaba cerca de Painala se utilizaba pangas para atravesar el río, nunca había visto una canoa como las de Potonchán, tan grandes que daban cabida con comodidad a 50 hombres de pie.

Zarpamos en un día calmo de luz celestial y yo, que había vivido con los horizontes cerrados de los montes azules de Painala, y presa, luego, entre las paredes de los Cipacti en Potonchán, me encontré frente a frente con el inconmensurable océano mar. La visión del horizonte despejado me traspasó el alma como una flecha enamorada; el aire marino me dio nuevos bríos y pronto me hice indispensable a la tripulación: mantenía impecable el barco, organizaba el trabajo de las mujeres a bordo, clasificaba la mercadería y ayudaba cuanto podía para hacer más fácil el comercio. Parecía que Malinali había escapado del averno.

Todavía añoro, Martín, las playas como plata derramada que calan la costa del Mayab y los colores de un mar que es a cada paso más hermoso; amaba navegar y hubiera dado cualquier cosa por dedicar el resto de mis días a esa vida, incluso como esclava, por lo que determiné dominar la lengua de los comerciantes de la costa y su oficio, sin pensar que no está en manos de una sierva tomar decisiones sobre su porvenir y que, más pronto que tarde, se cumpliría de nuevo mi destino: ser entregada a un amo en tierra firme. No obstante, Dios por un momento miró en mi dirección para concederme su infinita gracia, pues fue providencial que yo aprendiera a bien sufrir la vida de mar y a hablar con fluidez la lengua maya, ya que gracias a lo primero se me destinó al barco de don Fernando cuando alcanzó costas de Tabasco, y a lo segundo que acompañé a mi Capitán en la conquista de la Nueva España.

La servidumbre siempre es dura, pero para algunos lo es mucho más. Con los ponctunes, en el mar, vi muchas mujeres como yo que terminaron sus días arrojadas por la borda porque enfermaban de mareo o morían a causa del rigor del trabajo a pleno sol. Yo sobreviví. Fue así que vine a darme cuenta de que la frágil esclava se había transformado en una mujer de reciedumbre.

En las noches sin luna, mascando tabaco que obtenía de los comerciantes, me obligaba a vencer el agotamiento de una jornada extenuante a fin de contemplar las estrellas con el marinero guía, que marcaba el rumbo de la embarcación de acuerdo con el mapa celeste, y entonces pasaba largas horas disfrutando de esa magra libertad mientras evocaba las noches de mi infancia al lado de mi padre, en momentos de raro placer.

Carta cuarta

Acerca de las noticias que se tuvo en costas de la Nueva España de los adelantados del muy grande emperador Carlos I.

Teníamos un jardín de flores en Painala. Suaves y aterciopelados eran mis cobertores de algodón y recuerdo que al acostarme, tibia y protegida, pasaba uno de sus bordes por mis labios hasta dormirme, dulcemente aturdida por la mezcla de perfumes nocturnos que inundaban la casa y embriagaban mis sentidos.

Mi padre me puso por nombre Malinali Tenepoalti, "la que me dará orgullo, presunción". Me llamaba su pequeño jade, su turquesa, su piedra preciosa. Presa en Potonchán, sometida no sólo a la esclavitud sino a las más ruines inclinaciones de mis amos, no había momento del día en que no recordara cómo se ufanaba de su heredera, y me decía a mí misma: "Notatzine, oh padre mío venerado, ahora que no valgo nada, ¿qué pensarás tú de mí?"

Más que cualquier otra cosa, quería volver a verme en su mirada radiante, pero con cada día que pasaba más me alejaba de mi vida de princesa en Coatzaqualco.

Permanecí casi siete años entre el pueblo maya, luego de ser entregada a los pochteca. Los cambios más visibles le ocurrieron a mi cuerpo en esos años. Mi aspecto me avergonzaba, pues la gente del este sentía mucho aprecio por las muchachas con ojos trastabados y bocas de pescado, y yo no me parecía en absoluto a aquéllas. Mi rostro no era redondo sino ovalado, y tenía los ojos almendrados, claros como miel; era más alta que lo común entre hombres y mujeres del Mayab. Bordaba mis vestidos con esmero, no por presunción sino para compensar un poco con afeites mi falta natural de gracia. Pensaba que, puesto que en seguir la vida que llevaba no hacía sino obedecer la voluntad de mi madre, que en ella me había colocado, resultaba apropiado sentir un cierto orgullo de mi desempeño como sierva; sin embargo, me repugnaba el trato deshonesto al que me sometían los hombres y, en cada encuentro con ellos, me daban vuelta en la cabeza estas palabras: "Ca amo tahuilnemiz".

Ca amo tahuilnemiz: "No fornicarás". Fui deshonrada contra mi voluntad, y contra mi voluntad fui rebajada a vivir como esclava, pero nunca me abandoné al destino de cortesana; no fui libertina ni viciosa y no me envileció el desorden. Así que por mucho que llegues a escuchar otra cosa, Martín, porque sé muy bien que quienes tengan contra ti encomio dirigirán primero sus dardos hacia la conducta moral de tu madre, jamás prestes oídos a tales injurias. Una cualquiera no se habría ganado el respeto de los cientos de miles de cristianos y gentiles, tanto nobles como esclavos, desde los más refinados hasta los más bastos, que comandé junto a tu padre. Los fieros rostros enalmagrados de los hombres que a gritos vociferaban que arrancarían el corazón de su enemigo a mordiscones jamás habrían añadido el reverencial tzin al nombre de una arrastrada. ¿O es que los soldados de Cortés y su excelsa majestad Carlos I podrían haberme llamado, reverentes, doña Marina, de estarse dirigiendo a una buscona?

No, Martín, la honra no se compra ni se negocia: se impone sola, cuando la dignidad aflora sin que una ni siquiera lo sepa, cuando la estirpe, el blasón y la estatura moral son distintivos de nuestra conducta y la herencia legítima de nuestra sangre. Y yo fui, pese a todo, una hija de nobles que dejó de ser una niña para siempre a los siete años y se transformó en la lengua de su raza, la intérprete de un pueblo cansado de sometimientos, el timón de Cortés y de su ejército, un soldado de Dios y la madre que a mí me había faltado para cada uno de ellos. Y por olvidarse de esto, por burlarse de mis años de privación y sufrimiento, por denigrar mi sacrificio y mi resignación, el último príncipe mexica, el joven y altanero Cuauhtémoc, terminó sus días y los del imperio colgando de un árbol que nadie ni siquiera recuerda.

En el año de 1517, al regresar de una larga expedición comercial, en Potonchán había inquietantes nuevas del arribo de misteriosas embarcaciones, grandes como casas, a las costas de Campeche y de Tabasco. Se hablaba de dzules, extranjeros a bordo de enormes barcos, armados con cargadores de truenos y con largos cuchillos afilados y poderosos: nadie en la Nueva España conocía entonces las escopetas ni las espadas. Se hablaba de sus ballestas y de sus vestidos brillantes; por si eran dioses, los habían hecho zahumar con copal. Se decía que no se tenía aún noticia de dónde venían, lo que se les había preguntado por órdenes provenientes de México, pero aparentemente no eran gente de razón, ya que no habían comprendido nuestra lengua. Los caciques prefirieron no tomar riesgos con los extraños, por lo que prepararon a sus escuadrones guerreros para darles batalla y así lo hicieron; al amanecer cayeron sobre los españoles con arcos, flechas, lanzas y rodelas, los rostros pintados por infundir más temor al enemigo y lanzando los más pavorosos alaridos de guerra. Las escopetas y ballestas de los hombres de Castilla no paraban, unas armando y otras tirando, pero por cada español había 300 indios, de manera que quedaron muertos al menos 50 de aquéllos y dos más fueron presos.

Con mucho trabajo quiso Dios que escaparan con vida quienes así pudieron hacerlo, pero su sufrimiento fue mucho, pues, como habían debido abandonar en tierra firme el agua fresca por la que habían pasado tantos peligros, al dolor de la carne herida se añadió la sed, que es la peor privación que pasar pueda el hombre. Por esa batalla fue que se nombró a la bahía de Potonchán la de Mala Pelea, que así lo fue en verdad para los caxtilteca, los hombres de Castilla.

Pero si las comarcas costeras del Mayab habían quedado perplejas por la visita de estos dzules blancos, no era nada en comparación con la sacudida que había sobrecogido al corazón del imperio; ahí, en México-Tenochtitlan, el Ombligo del Mundo, Motecuhzoma Xocoyotzin estaba muerto de miedo.

Yo nací en Painala un 13 calli, 1505, año de la Gran Hambre, cuando el volcán Popocatépetl dejó de humear por 20 días seguidos: fue el primero de los funestos presagios que acecharon el reinado del noveno emperador mexica. El tirano tuvo la mala idea de consultar sobre su significado al mago Nezahualpilli, señor de Tezcoco, y éste le respondió:

> De aquí a muy pocos años, nuestras ciudades serán destruidas y asoladas, nosotros y nuestros hijos muertos y nuestros vasallos apocados y aniquilados.

Nezahualpilli añadió que Motecuhzoma perdería todas las batallas y que pronto aparecerían nuevas señales de las desgracias venideras. ¡El efecto que estas palabras tuvieron en el gran tlatoani, Nuestro Señor Ceñudo, El Que Sabe Enojarse como un Amo, El Enfadado!

Aquel a quien nadie osaba mirar a los ojos por miedo de desatar su cólera real, no necesitaba que, en el año 3 técpatl, 1508, hicieran su aparición las fantasmas tlacahuilome; ni que en el año 4 calli, 1509, al amanecer, se viera ondear una bandera blanca en el oriente; o que en 1510 ocurriera un eclipse y se incendiara el Tlacatecco, templo de Huitzilopochtli, y el de Xiutecuhtlli, que un cometa se precipitara a tierra y que la princesa Papantzin, su hermana, resucitara de la muerte y dijera haber visto hombres barbados y blancos, con estandartes en las manos y yelmos en la cabeza, a bordo de grandes naves, que con las armas se harían dueños de todos los países conocidos; no habría sido necesario que en 6 acátl, 1511, apareciera un animal con cabeza de hombre y cuerpo de pájaro, que una piedra de sacrificios, hablando, se negara a ser transportada, que en el corazón de Tenochtitlan cayera una misteriosa columna sin que fuera posible precisar su origen: nada de esto, por aterrador que pareciera, tenía significado alguno.

Tampoco importó que en el año 11 técpatl, 1516, un gran cometa confirmara a Nezahualpilli que no quedaría piedra sobre piedra en el reino mexicano, o que en 1519 se escucharan en

México, por la noche, los desgraciados lamentos de una mujer a la que nadie identificar pudo, llorando por los hijos que perdería, ni que, al cabo de unos días, cuando la ciudad aún se encontraba inquieta, unos pescadores del lago atraparan una grulla que tenía en la cabeza un espejo, donde el propio emperador tuvo una visión de su derrota.

Todo eso ocurrió para espanto de Motecuhzoma, porque su perturbada mente estaba predispuesta a descubrir augurios funestos sobre lo que estaba dado que sucediera, a fin de acomodarlos en su cobardía y mejor lavarse las manos.

La superstición del emperador, hija de sus remordimientos y la melancolía a la que era propenso por naturaleza de su débil temperamento, celebraba aquellos sucesos que parecían anunciar el advenimiento de las calamidades postreras, pero no eran sino un triste consuelo de tontos. A Motecuhzoma y su brujo Nezahualpilli los distrajeron esas pomposas señales de advertencia que no significaban nada y en cambio ignoraron que, debajo de sus narices, el verdadero aviso de su ruina nacía inadvertido en Painala, inocente como una niña en su cuna, en el mismo momento en que, bajo el resplandeciente fulgor de la estrella de la mañana, arribaba Cortés a La Española: un joven y gallardo mozo, en busca de aventuras y fortuna, con 19 ardientes años a cuestas y la mirada clara, escudriñando con terquedad el horizonte.

Carta quinta

Sobre los primeros enfrentamientos entre los naturales de estas tierras y los hombres de Castilla y de cómo fui entregada al servicio de mis nuevos señores.

Tan de continuo mudé de poblado, Martín, que me ocurría en ocasiones no saber a ciencia cierta quién era. Esto es, recordaba mis señas y mi nombre pero, al despertar, mi cabeza era un torbellino de voces y de rostros, sucediéndose con tan vertiginosa rapidez que no atinaba a responder a las preguntas que me hacía semidormida:

> ¿En dónde estoy; en dónde me veo? ¿Es que sólo sueño o acaso he muerto? ¿Estoy tal vez en la tierra de nuestro sustento? ¿Es la voz de Tonantli ésta que me llama?

Si el entendimiento me castigaba con su inconstancia, mi corazón lo hacía con su fidelidad, y nunca tuve un enemigo más peligroso ni más difícil de vencer que su empecinado apego a mis recuerdos. Luego de la muerte de mi padre me había prometido no volver a llorar, pero hubo mañanas en que no logré contener las lágrimas, cuando los sucesos que minutos antes me habían hecho tan feliz se esfumaban, pues sueños eran, al despertar.

¿Qué misteriosa persona habita nuestras almas y se aferra a un pasado irrecuperable, a costa de infligirnos un dolor que debería haber quedado atrás?

El infierno, Martín, es tomar un sueño grato por real. En tierra firme, los comerciantes ponctunes no tenían necesidad de mí y fui vendida para servir la casa de un nuevo cacique, con lo que de Potonchán viajé a Tabasco, luego llamado Santa María de la

Victoria, y dime, hijo mío, si no tengo razón al pensar que fue la mano de Dios artífice de esta operación, que poco después el navío de Cortés pasó frente a las costas de Potonchán y no se detuvo, por más que sus soldados mucho lo instaban a ello, ansiosos como estaban por vengar la afrenta sufrida en la Mala Pelea que ya te he referido, pues un buen viento conducía al Capitán mar arriba, donde, sin todavía saberlo, lo esperaba yo.

Los hombres de Castilla se dirigían a la desembocadura del río que conocían como Grijalva. El Capitán, tu padre, traía consigo al náufrago Aguilar de lengua y éste recibió orden de hacerle ver al cacique de Tabasco que mal Cortés no le quería ninguno, sino que como hermano de él venía, y solamente solicitaba le permitiera comer y recoger agua; pero Aguilar era hombre de pocas luces y mucha soberbia, y como durante años fue tenido por bufón de los indios, sintiéndose ahora a buen resguardo, había aprovechado para manifestarles su desprecio, y mucho ofendió al cacique y sus guerreros, lo que Cortés bien pudo colegir, pues entre más hablaba su lengua, más fieros se ponían aquéllos.

Don Fernando gritaba a voz en cuello que no deseaba la guerra, pero sólo su propio bando lo atendía; el escribano real tomaba nota de que se había requerido al enemigo estar en paz, que se le rogaba los dejara bajar a tierra, tomar agua y hablarle de Dios y de su majestad; que si en la pelea alguno hubiere que falleciera, que a su culpa y cargo sería y no a la de los españoles; éstos, entre tanto, abordaban los bateles y se iban preparando para el ineludible enfrentamiento. Concluido el alegato, mientras ambos ejércitos se estudiaban a distancia, hubo un tenso momento de silencio, hasta que un silbido rasgó el aire: cientos de flechas cayeron sobre los españoles. Al cabo sonó un estrépito de altabajes y caracoles, y comenzaron a luchar los primeros hombres.

Tu padre entonces dio la voz de ataque: al grito de ¡Santiago! ordenó el desembarco y, al tratar de alcanzar la orilla, el Capitán quedó descalzo, pues perdió en el cieno un alpargate, lo que lo inmovilizó unos instantes. Su ejército fue presa del desconcierto.

Cortés volvió a calzarse y reorganizó a sus hombres, que hicieron retroceder a los de Tabasco hasta el pueblo; con las lombardas y las espadas, los españoles deshicieron las enormes albarradas que se habían alzado para defenderlo y la lucha continuó en las calles. Cuando más parejo era el combate, en obediencia a un plan previamente esbozado, sobre la retaguardia de Tabasco cayó Alonso de Ávila, quien hizo posible la derrota.

Los extranjeros ganaron esa batalla, pero el cacique no cejaría en su empeño de vencerlos y pidió refuerzos. Se renovaron los guerreros y los aliados planearon el segundo combate con los dzules fuera de la tupida vegetación que circundaba el río, puesto que se creía que esto había dado ventaja al enemigo; para evitar otra emboscada, decidieron conducirlo a la planicie, a las sabanas que rodeaban Centla.

Nuevamente se enfrentaron los ejércitos. Ya en los primeros momentos, daba tristeza ver cómo los escuadrones apretados de los guerreros se desplomaban como filas de naipes bajo los tiros certeros de la artillería española; no obstante ni así resultaba posible frenar su avance, pues aun cuando quienes habían probado una vez la filosa espada que blandían los españoles, por temor de ella se apartaban, tantos eran los indios que finalmente lograron cerrar el cerco y, cuando más embebidos estaban dándole guerra al enemigo, a sus espaldas surgieron los caballos, que Cortés había aprestado.

Las esclavas teníamos órdenes de no abandonar el campo de batalla, pues debíamos vigilar que no escasearan agua y alimento; además éramos útiles para amortajar a los muertos y para atender a los heridos, que los guerreros recogían con grave riesgo, pero podíamos hacer muy poco para aliviar los profundos tajos de las espadas en las carnes desnudas de los hombres y pronto comprendimos que esta era una ofensiva como ninguna anteriormente vivida. Nunca antes habíamos visto a los caballos. Quienes no quedaron transidos por el pánico huyeron prestos de aquellos monstruosos ciervos, esas criaturas bicéfalas que parecían lanzar fuego y relámpagos por nariz y boca. Los corceles, adiestrados para el combate, derribaban a los hombres y luego con los poderosos cascos dejaban tras de sí un horrible espectáculo de tripas y cráneos destrozados. Al mascar el freno con sus enormes dientes, la mueca del belfo simulaba una salvaje carcajada, y los terribles ojos de las bestias, inyectados en sangre, poseían la mirada colérica de los dioses; su relincho era una voz que resonaba en esta tierra por vez primera.

Los españoles montados arremetían contra el ejército indio y en la acometida retrocedían al galope, burlando al enemigo. Las espadas desenvainadas hacían estragos, desde la altura y con la fuerza que en ellas logra imprimir una veloz carrera; en la sabana del llano el caballo semejaba volar y cada jinete valía por 50 hombres andando.

Cuando por fin los capitanes indios reconocieron la derrota, apenas tuvimos tiempo de buscar refugio en la espesura del bosque, y en la premura abandonamos a muchos en la contienda.

Mientras huía hacia los montes hice un alto para recuperar el aliento y desde ahí pude ver la planicie donde se había desarrollado el encuentro. En el llano campeaba el silencio de la muerte y la tierra tenía un tinte bermejo. Recuerdo haber pensado que por muchos años venideros en ese claro brotaría sangre de las plantas y, cuando el viento soplara, se podría oír los lastimosos lamentos de quienes hoy allí agonizaban.

De pronto en mi ánimo se alojó una certeza: los hombres de Castilla no podrían ser vencidos; ¿qué sentido tendría oponerles resistencia? Mas interrumpió estos razonamientos un pequeño que había quedado rezagado y, al descubrirme, había roto en llanto. Lo alcé en brazos y seguí con él a cuestas hasta alcanzar a la madre que, aterrada, no había reparado en su ausencia. Ni bien nos vio, lo arrebató de mis brazos con un gruñido, y me di cuenta de que el miedo la había trastornado. En medio del tenso silencio se percibían ruidos sobrehumanos: no éramos ya hombres y mujeres, sino fieras, animales acorralados.

¿Te preguntas si yo también fui presa del pánico?

La verdad es que la vida me era preciosa, aun en mi condición de esclava, y sin duda por eso a lo largo de aquellos años había desarrollado un agudo sentido de la estrategia para preservarme del daño y de la muerte; pero en ese momento, más que miedo, lo que me poseía era un poderoso deseo de averiguar el secreto de la misteriosa fuerza de los extranjeros blancos, que habían causado en mi alma una impresión imperecedera.

En nuestro refugio, yo no hacía sino pensar en la batalla. Reflexionaba sobre los caballos, que había tenido ocasión de mirar de cerca, arriesgando ser derribada por uno de ellos; en mi mente reconstruía el aparejo y su estructura, contra la que se recortaba la fulgente armadura del jinete. Nunca creí que fueran monstruos ni un solo ser con dos cabezas: claramente había visto que era un hombre quien conducía a la bestia, por más que se movieran tan acompasadamente. Me intrigaba el collar de cascabeles que llevaban al cuello.

Cortés requirió a Tabasco más de una vez que desistiera de su intención guerrera, como consta en actas reales, y siempre el cacique se negó; pero como quedó en el llano gran cantidad de muertos, que se contaban por cientos, no hubo más remedio que pedir al Capitán su venia para pasar a enterrarlos. Durante los días posteriores a la derrota, el cacique y sus aliados fingían un orgullo que en realidad había quedado sepultado bajo el poderío y la tremenda demostración de fuerza del ejército español, pero Cortés con buen juicio hacía la vista gorda para facilitarles que aceptaran su propuesta de reconciliación. Finalmente, el vasallo en que con diligencia se transformó el otrora altanero cacique aceptó la paz que no estaba en condición de rechazar y, en señal de su buena voluntad, preparó un rescate para el Capitán. Así fue que me señaló, junto con otras 19 esclavas, para ser entregada al servicio de los nuevos señores de Tabasco.

Carta sexta

Refiero aquí mis impresiones de los españoles y cómo de mis idolatrías bárbaras fui por ellos traída a la fe verdadera.

Salimos de mañana hacia el pueblo, ocupado por los hombres de Castilla y, al llegar a éste recuerdo cómo llamó mi atención ver, sobre el tronco del gran ceibo, entonces florecido, tres profundos cortes que, como después supe, había hecho tu padre con su espada al tomar posesión de la tierra, como señal de su primera victoria en la Nueva España.

Me dirigía hacia mis próximos amos con cierto temor, pues, visto el gran daño que habían causado a los sólidos cuerpos de los guerreros, comprendía que a mí podrían partirme al medio de un solo golpe de espada.

Los hombres de Tabasco y de las nueve provincias que prestaron ayuda a éste para combatir a los españoles habían sufrido una derrota incomprensible si se pensaba en su superioridad numérica y lo único que deseaban era alejarlos rápidamente de territorio conquistado, para lo cual decidieron seguir el camino de la complacencia. Yo trataba de encontrar la clave para descifrar a los extranjeros escuchando las narraciones de los mensajeros, pero lo único que había sacado en claro era que tenían en mucho el teocuitlatl, el amarillo excremento de los dioses.

¿Para qué querrían oro los cristianos?

Tras haber sido esclava de comerciantes ponctunes, el pecado de avaricia no me era desconocido, pero dado que, en esos tiempos, era rico el que poseía cacao, no podía comprender la avidez de los dzules por un metal que tenía valor ceremonial, sin duda, pero que no servía para mucho más. El cacique de Tabasco, sin embargo, no estaba interesado en comprender el sentido de la fiebre del oro que poseía a los españoles, sino antes bien utilizarla para su provecho; así, les señaló que era hacia el poniente, donde se asentaba el centro tributario, el sitio al que debían dirigir sus pasos: México-Tenochtitlan, capital del imperio culhúa, controlaba todo el teocuitlatl que había en el reino.

El Capitán Cortés había mandado a Tabasco a repoblar el pueblo tomado, con lo cual entendería que las palabras de paz entre ellos habían sido sinceras, luego de lo cual ofrecía seguir su camino; fue entonces que me entregaron, junto con otras esclavas, como parte del rescate que se ofreció a los vencedores.

El botín era tan magro que nosotras comprendíamos la porción de mayor valía. Habíamos sido elegidas por nuestra capacidad para soportar la vida a bordo de los navíos, pues en ellos habían llegado los españoles y en ellos, se esperaba, pronto se marcharían. Nos recibió el intérprete Aguilar, quien con voz aflautada y monocorde comenzó a adoctrinarnos en lo que sería nuestra vida de cristianas. Aguilar conocía perfectamente los usos y las costumbres del Mayab, donde había vivido ocho años, al grado de casi haber olvidado su lengua madre, y nos instruyó con claridad acerca de los que serían, en adelante, nuestros deberes. Nos dijo que hacíamos un mal muy grande en adorar a los que creíamos dioses, ya que éstos no eran sino ídolos maléficos y diablos que nos traían engañadas y que debíamos limpiar de ellos nuestras almas a fin de prepararnos para venerar el dulce cuerpo de Cristo, único Dios y verdadero, con lo que salvaríamos el alma de los tormentos del infierno. Abrumadas, lo escuchábamos en silencio y hubiéramos deseado hacerle preguntas sobre estas revelaciones, pero el antiguo evangelista, cada vez más exaltado, parecía haber entrado en un solitario éxtasis que a él lo dejó exhausto y a nosotras más confundidas que ilustradas.

Al día siguiente, muy temprano, nos condujeron hasta un altar que mandó hacer tu padre para la cruz labrada por sus carpinteros, donde había hecho colocar una imagen de nuestra señora, la virgen María, con su precioso niño en brazos. Ordenaron los españoles que nos reuniéramos en su rededor, sin distinción de linajes, y el padre fray Bartolomé de Olmedo, con Aguilar como traductor, comenzó a cantar la misa, que en el esfuerzo que hacía por comprender a mis nuevos amos, me parecía que debía ser la enseñanza de las cosas sagradas, palabras de los abuelos españoles que transmitían la fe a sus descendientes.

El Señor de los cristianos todavía me resultaba un enigma. En la misa, el fraile comenzó a explicarnos los atributos divinos, así como el Génesis y la Caída, y nos dijo que, aun cuando el hombre más de una vez ha abandonado a Dios, Dios en cambio jamás ha abandonado al hombre, pues es su hijo y su creación y, puesto que como hombre es frágil a las tentaciones y al pecado, Dios es todo perdón y amor; pero no fue sino hasta que escuché el credo del padrenuestro que comenzó a darse mi verdadera conversión; entonces, deslumbrada por la hermosura de aquellas palabras, comencé a abrazar la fe de mis nuevos amos.

Hasta ese momento, Martín, me había rodeado la suciedad y la impureza: todo en mi vida era fealdad. Y de pronto, mi espíritu sediento de armonía y de bondad escuchaba palabras de una belleza extraordinaria: *Creo en un solo Dios, Padre Todopoderoso, Creador del cielo y de la tierra, de todo lo visible e invisible…*, que se confundían con otras aprendidas en mi infancia, como si me fuera necesario conectarlas de una manera involuntaria pero misteriosamente urgente. Cuando el cura hablaba, de inmediato yo buscaba analogías: "*También nosotros* —me decía—, creemos que hay un creador, el Señor de la Dualidad, aunque éste tiene un complemento femenino, la Señora de la Dualidad; ambos han hecho todo cuanto hay, incluso a los otros dioses; y también creemos en el diluvio universal del que solamente se salvó una pareja; y creemos que nuestro señor Quetzalcóatl viajó al País de los Muertos para conseguir huesos con que repoblar la tierra y…"

Pero entonces el fraile nos habló de la alianza de Dios con los hombres, y de cómo en el origen de los tiempos había hecho de Israel el pueblo elegido, depositario de las leyes y de las verdades divinas, mas Israel se había descarriado y entonces Dios había engendrado en la tierra la mayor prueba de su sacrificio, que era su Hijo, para que supiéramos por Él la nueva alianza; y para que viéramos la verdad de su amor, no envió nuevamente leyes escritas sino que encarnó Dios mismo en Jesucristo, porque la ley por Moisés fue dada, mas la palabra y la verdad por Jesucristo fue hecha, y no encontré ya nada que se igualara a ese testimonio de grandeza, y entonces sentí que mi corazón había girado hacia la fe católica, porque me estremeció la revelación de que era Jesús verbo hecho carne:

Dios de Dios,
Luz de Luz,
Dios verdadero de Dios verdadero,
Engendrado, no creado,
De la misma naturaleza que el Padre
Por quien todo fue hecho;
Y que por nosotros, los hombres,
Y por nuestra salvación
Bajó del cielo
Y se hizo hombre
Y por nuestra causa fue crucificado
Padeció y fue sepultado y, al tercer día,
Según las Escrituras, subió al cielo,
Y de nuevo vendrá con gloria para juzgar a vivos y muertos
Y su reino no tendrá fin.

Sentía como si estas palabras fueran sucesivas llaves que abrían cerrojos a las pesadas cadenas de mi alma, liberándome de mentiras y falsedades, y entonces posé la mirada en la venerada imagen de la Virgen, que abrazaba a ese Hijo que el Espíritu Santo había protegido del recelo de José antes incluso de que naciera, y te juro, Martín, que al punto me despojé de todas mis creencias anteriores y fui cristiana en mi corazón a partir de aquel instante, mientras fray Bartolomé daba la primera misa de la Nueva España.

El sacerdote nos hizo poner de rodillas para recibir el sacramento: cada esclava recibió un nombre nuevo y a mí me bautizaron como Marina, hija del mar.

¡Qué maravillosa coincidencia, darme el nombre por el que habría optado si me hubiera sido dado elegir! ¿No era acaso un buen presagio de que mi vida entre los dzules prometía ser feliz?

Llevaba Cortés la nave capitana, y a mí me tocó en suerte aquella que comandaba Alonso Hernández Puertocarrero, buen caballero y capitán de don Fernando. Ese mismo día, que como después sabría, en el calendario cristiano era Domingo de Ramos, nos embarcamos en las gigantescas naves, pero no nos hicimos a la vela sino hasta el atardecer del día siguiente, rumbo al puerto de San Juan de Ulúa.

Carta séptima

Donde se cuenta nuestro arribo a San Juan con los importantes acontecimientos que allí vendrían a suceder y que cambiarían, una vez más, el destino de Malinali.

Quisiera poder decirte qué impresión me produjo tu padre al verlo por primera vez, pero ya no soy dueña de mis recuerdos, que me son esquivos a capricho. En cambio, logro evocar al detalle el navío de don Fernando, que recorrí de proa a popa sujeta a la batayola, preguntando por el nombre de cada cosa: velamen, timón, bauprés. Dentro de la nave capitana las mujeres nos agrupábamos para moler el maíz y preparar el pan destinado a la tropa, trabajo en que transcurría gran parte de nuestra jornada, y así, el primer día de viaje, cuando zarpamos, me viene a la memoria el sobresalto que nos causó el crujido de las velas contra el viento. No obstante, el majestuoso espectáculo resultaba cautivador: el gigantesco navío se deslizaba entre cielo y mar tan sólo con la fuerza de sus poderosas alas blancas, prescindente de remos, como si fuera conducido por espíritus.

¿Qué eran las lanzadas de oro, donde ondeaban estandartes de color carmesí y las banderas labradas con las armas reales y una cruz en cada parte? Aguilar respondía: "Son las insignias del Capitán".

¿Qué decían esas letras?

> Hermanos y compañeros: sigamos la señal de la Santa Cruz con fe verdadera, que con ella venceremos.

Y eso, ¿qué quería decir?

Mi interés y mi entusiasmo juvenil fastidiaban al intérprete, tan poco dotado para las tareas educadoras, y pronto recurrí a otros caballeros mejor dispuestos a enseñarme el castellano, puesto que estaba presurosa por aprender a conducirme como una auténtica cristiana.

El Santo Calvario, prueba máxima del amor de Jesús, donde nuestro Señor había preferido someterse al martirio antes que abandonar a sus hijos, era también la suprema demostración de su valerosa gallardía, pues ¿no había preferido morir a traicionarnos, inmolarse antes que capitular? Me inspiraba Cristo la mayor admiración que sentirse podía, pero encontré la fe verdadera, si fe es esperanza y consuelo, en la virgen María, cuya imagen tan hondamente caló en mi corazón que no podía mirarla sin que al instante se humedecieran mis ojos; había sido herida, sí, pero dulcemente, por su amor.

Fueron justamente las insignias del Capitán lo que reveló a los enviados de Motecuhzoma cuál era la nave principal, adonde se dirigieron ni bien habíamos tocado puerto. Don Fernando dio órdenes de que se franqueara a los visitantes la entrada al barco y éstos, al subir a bordo, inquirieron sin mirarnos quién era allí el jefe máximo, lo que solamente pude contestar yo, puesto que hablaban la lengua de mi infancia, que jamás me había abandonado. Les señalé a Cortés y les dije que era un muy importante señor, de mucha influencia y gran mando por doquiera que pasaba; ellos entonces se humillaron ante mi Capitán tres veces. Luego dijeron a Cortés que le daban la bienvenida en nombre de su señor Teuhtlile, siervo del gran Motecuhzoma Xocoyotzin; que deseaban saber si don Fernando y sus hombres venían en busca de algo, y que, si así era, pedían se los informara para que de inmediato fuera llevado su mensaje hasta Teuhtlile. Cortés con calma aguardaba que Aguilar diera cuenta en español de lo que los naturales decían, pero el náufrago no había comprendido una palabra, puesto que conocía sólo el maya y estos hombres se expresaban en mexicano, la lengua náhuatl.

Por un momento, ambos bandos quedaron desconcertados, mirándose con vacilación y recelo, pues les resultaba imposible comprenderse; entonces hablé yo. En maya referí a Aguilar qué era lo que habían dicho los enviados de Teuhtlile y aquél, aliviado, rápidamente lo informó a don Fernando, que solicitó a Aguilar que invitara en su nombre a los visitantes a comer a bordo del navío, lo que aprovecharían para conocerse mejor, y les pidió que tomaran su arribo a estas tierras por algo bueno, pues él servía a un muy grande y justo señor que deseaba saber más de aquellos reinos.

Tu madre, Martín, la esclava Malinali, traducía del náhuatl al maya chol, que Aguilar ponía en español para don Fernando, y luego del maya al mexicano. Mientras se tomaban previsiones para seguir y ahondar tan importante diálogo, Cortés pidió a Cristóbal de Olea que me llevara aparte, junto con Aguilar, pues conmigo deseaba conversar.

Don Fernando se acercó buscándome la mirada y, tomando mi mano entre las suyas, me ofreció la libertad y mucho más si con verdad le refería los discursos de aquellos de mi tierra, pues deseaba conservarme a su lado para servirse de mí, como su faraute y secretaria, pero era preciso tener por cierto que yo no le haría engaño ni traición. Por mi vida te juro, Martín, que yo comprendí estas palabras, las primeras que Cortés me dirigía, sin que mediara Aguilar, a cuyo desagradable tiple cerré el oído, por conservar solamente la voz grave de tu padre, a un tiempo urgente y suave, que me había afectado como una caricia.

El hombre que era amo de mis amos, líder de un ejército a todas luces invencible, jefe de mágicas bestias y bravos soldados, me pedía algo que por mi sola condición de esclava yo estaba obligada a darle; este dzul blanco, que había abatido a un sinnúmero de tropas en suelo extraño, ¿era acaso el mismo que solicitaba, con delicadeza inesperada y sin duda inmerecida, la ayuda de Malinali, la última de sus siervas, la peor de todas?

En náhuatl primero, para Cortés, y luego en maya para que tradujera el intérprete, respondí: "Estoy en presencia de mi señor; con tan grande diligencia le serviré que me tendrá por su más preciado tesoro".

Cortés se reunió con los hombres de Teuhtlile, que a su vez hablaba por el rey mexicano, con lo que me encontré traduciendo, por así decirlo, el primer diálogo entre el emperador Motecuhzoma y mi Capitán don Fernando. El lenguaje de mi infancia fluía desde mi memoria y, con una destreza que me sorprendió gratamente, convertía el discurso náhuatl en su correspondiente maya sin esfuerzo. Mi lengua primera, aquella en que mi padre y yo nos adorábamos, había vuelto a mi vida como un regalo tan inesperado que me vi obligada a doblegar mis emociones, demasiado intensas para un corazón destrozado, porque la urgencia del momento imponía una concentración disciplinada: había que estar atenta, muy atenta, a las palabras de los enviados de Motecuhzoma, para pasarlas al maya con la fidelidad necesaria, y, de igual forma, llevar las palabras de mi Capitán hasta el entendimiento mexica. El mayor obstáculo era Aguilar porque, como casi había olvidado el castellano, demoraba mucho en traducir y luego ponía de su cosecha más de lo que resultaba prudente, con lo que tuve una responsabilidad multiplicada: amén de vigilar que los exabruptos descorteses del náufrago encontraran en mí una criba, debía cumplir la delicada tarea que me había encomendado don Fernando.

A partir de ese día tu padre me relevó de los deberes a los que estaba destinada, ascendiendo la esclava a intérprete; pronto ambos supimos que existían dos personas de más en el nuevo escenario: uno era su traductor, quien, aun cuando ciegamente, ya intuía el riesgo de perder una posición que habría podido librarlo de la triste vida que le había tocado en suerte, y el otro era Alonso Puertocarrero, cuya posesión de mi persona corría el riesgo de transformarse en celos, desatando un conflicto que se adivinaba inminente. De don Alonso pronto se ocupó tu padre; para librarnos de la intromisión del náufrago, puse a punto la habilidad con que había sido bendecida para aprender la lengua de mis amos.

Carta octava

Encuentro de Cortés con los embajadores de Motecuhzoma y el efecto que las revelaciones de éstos tuvieron sobre la avanzada de don Fernando.

Teuhtlile era gobernador de Cuetlachtlan, sin duda un importante servidor del imperio, cuyo poder quedó probado con el magnífico presente que, por orden de Motecuhzoma, hizo a Cortés. Entre los regalos recuerdo en particular un cofre, un petlacalli de mimbre y cuero, hermosamente elaborado, con un ingenioso dispositivo para abrirlo, pues estaba oculto a la vista; en su interior había compartimentos de diferentes tamaños, llenos de valiosas joyas. Cuando le expliqué a Cortés que la palabra *petlacalli* también refería al corazón, tu padre dispuso que se me obsequiara aquel cofre, como una muestra de su gratitud por el servicio que le había prestado. A lo largo de los años he guardado en él diversos objetos para mí preciados; uno de ellos es un puñado de la indómita y rubia arena de la Rica Villa de la Vera Cruz que recogí el día de su fundación por don Fernando, hecho precipitado por la revelación que Teuhtlile puso en conocimiento de mi Capitán durante su entrevista.

Vera Cruz dista de México-Tenochtitlan más de 80 leguas, que los enviados de Motecuhzoma recorrían en una noche y un día, con un sistema de relevos que funcionaba con diligencia, aunque implicara matar a los hombres que en él participaban; la muerte por fatiga formaba parte de la sumisión que el emperador exigía a sus vasallos. Al centro ceremonial mexicano viajaron, asimismo, Teuhtlile y Cuitlalpitoc, para recibir de boca de Motecuhzoma instrucciones sobre cómo debían proceder con los extranjeros, y lo que él dijo fue lo siguiente:

Se me ha informado que ha regresado nuestro señor Quetzalcóatl. Vayan a recibirlo, escuchen lo que tiene para decir con muchísima atención, y cuiden de no olvidar palabra que pronuncie, pues cada letra suya es de primera importancia. Hasta nuestro señor lleven estas joyas y atavíos sacerdotales que yo le envío, que son todos a su conveniencia.

Los dos enviados, junto con otros más cuyos nombres ya no recuerdo, volvieron presurosos hasta donde se encontraba don Fernando y, a su lado, tu madre, doña Marina; así empecé a comprender la tremenda confusión que afectaba a Motecuhzoma, y si por entonces algo había que nublara la felicidad que sentía de estar sirviendo a mi Capitán, era no tener aún el dominio de su idioma para poder referirle la enorme importancia de la revelación que se me había confiado: ¡el máximo gobernante de México creía estar presenciando el retorno de Quetzalcóatl a reclamar su trono!

Por Teuhtlile supimos que en el imperio, desde hacía muchos años, múltiples presagios habían anunciado el retorno de Serpiente Emplumada a tierras mexicanas y, como era un año cé-acatl, uno-caña, mismo en el que prometiera volver, Motecuhzoma deseaba saber si los de Castilla venían en su nombre y si descendían de su linaje.

De pronto, tuve que contener una carcajada. Oh, Martín, ¡vivimos sometidos a tantos invisibles tiranos! Subyugados por nuestros apetitos, temores y carencias, incluso nuestros sueños y nuestras ilusiones nos gobiernan. Durante años me había atormentado recordar la vergüenza que sentí cuando, cerca de la casa donde me vendieron los pochteca, un grupillo de mujeres libres se burló de mi triste condición; hubiera deseado comprender entonces, con la claridad que me poseía ahora, que la única diferencia entre ellas y quienes nos hallábamos cautivas era que nosotras sí veíamos las paredes de nuestra prisión. El emperador Motecuhzoma, atrapado bajo el peso de su soberbia y de la gigantesca responsabilidad como cabeza de un gobierno que comenzaba a desmoronarse bajo su mandato, podía creerse libre y poderoso, pero era cien veces más esclavo que yo.

Dueño de bestias mágicas y la pólvora, y líder de un ejército que yo no dudaba en calificar de invencible, Cortés era, no obstante, sólo un hombre, y un vasallo que debía obediencia a otros hombres. Así todos los caxtilteca eran solamente eso: personas; no hijos de dioses, no descendientes de reyes legendarios, sino simplemente de carne y hueso, mortales y palpables. Con los vicios y las faltas de la gente común, pero asimismo poseído de esa suerte de ferocidad simple que la caracteriza, el ejército español estaba compuesto por soldados dispuestos a dar la vida por un capitán capaz de comandarlos con convicción y firmeza, pero también a clavarle un puñal por la espalda a quien no estuviera provisto del don de mando. ¿Había comprendido don Fernando que en México se lo creía un hijo del dios Quetzalcóatl? ¿Cómo respondería a esa circunstancia que, bien aprovechada, podía darle una ganancia inesperada?

"Parece —dije a Aguilar en maya—, que Motecuhzoma ha visto en la expedición de Cortés una avanzada de los descendientes de Kukulcan y desea saber si acaso están acá para reclamar el trono de Tula." Cortés dudó unos minutos y, luego, ordenó a Aguilar transmitir a los embajadores que él traía mensajes de su rey solamente para el gran emperador en persona; ¿dónde y cuándo ordenaba éste que lo viera? Teuhtlile dio un respingo de asombro por tanta irreverencia y, algo soberbio, respondió:

> ¿Quién eres sino un recién llegado para pretender que te reciba nuestro soberano? Todavía ni siquiera has terminado de tomar lo que él te ha enviado: cuando lo hagas, entonces será oportuno que hables; entonces podrás decirme lo que gustes.

Cortés no tomó a mal la amonestación; antes bien, riendo de la involuntaria descortesía que, explicó, no era sino fruto de la impaciencia que luego de tan largo viaje lo aquejaba por cumplir el real encargo, de buena gana aceptó acatar la etiqueta y aguardar el momento propicio para volver a hablar de reunirse con Motecuhzoma.

Entretanto, los pintores reales que acompañaban a Teuhtlile llamaron la atención del Capitán, por lo que éste preguntó cuál era el oficio al que estaban, como podía colegirse de mirarlos, tan dedicados. Teuhtlile respondió que eran tlacuiloani, pintores y escribanos que completaban con imágenes lo que las palabras no lograran transmitir, y le mostró a don Fernando las páginas de un amatl, libro destinado a los ojos de Motecuhzoma en el que los pintores habían retratado el real, los caballos, los navíos españoles, al propio Capitán rodeado de soldados y, al costado de su silla de tijera, a su intérprete, doña Marina.

Todavía a veces, Martín, en el silencio de la noche, vienen hasta mi memoria imágenes de las contiendas que libré junto a tu padre. Cierro los ojos para mejor concentrarme en los recuerdos: el tenso silencio en que se teje la batalla y se tiñe de amarillo el polvo, cuando incluso los animales enmudecen; el rumor hueco de las cañas floridas mientras se esparcen y abren sus corolas; la grave orden de ataque, a la que sigue el silbido de las flechas rasgando el aire; los pasos de los hombres cual un tambor funerario sobre el suelo; el fragor general del encuentro armado, que se sucede en ráfagas misteriosamente rítmicas; el acre aroma de la pólvora, el estruendo del cañón y su explosión, que retumba en los oídos y en el pecho, como si fuera nuestro propio corazón el que estallara; el sonido inconfundible de la carne humana al desgarrarse; el griterío enmarañado y, en medio de éste, la postrera vez que suena en este mundo la voz de quienes mueren en campaña. Siempre me subyugó la trágica grandeza de la guerra, acaso por mi estirpe de veneradores de Huitzilopochtli.

Pues bien: yo, que hubiera deseado ser un general a cargo de un ejército y tener la honra de alcanzar la muerte en la lid, no supe cómo enfrentar el inesperado honor de verme consagrada en tinta negra y roja: en los libros del emperador Motecuhzoma. No era sólo que hubiera ascendido de esclava a protagonista: sobre todo, me emocionaba pensar que aquello que yo creía perdido para siempre, la oportunidad de enaltecer el nombre de mi padre, me había sido otorgado gracias a mi Capitán. Pero, una vez más, debía hacer a un lado mis emociones, puesto que Cortés estaba a punto de librar otra lucha, acaso más arriesgada que las anteriores, pues esta vez los enemigos se contaban dentro de su propio ejército.

Los leales de don Fernando habían comprendido que llevaban una gran ventaja sobre los naturales de la Nueva España con las armas de fuego que poseían, y la revelación de que el emperador mexicano veía en ellos a los herederos del trono que ocupaba Motecuhzoma les brindaba una ventaja adicional, pero había que aprovecharla rápidamente; antes de que en México-Tenochtitlan se supiera la verdad, era indispensable trasladarse al corazón del imperio y obtener para la Santa Cruz y el rey Carlos las riquezas y las almas del pueblo mexicano. No pensaban igual los partidarios del gobernador Velázquez, quienes estimaban prudente retornar a La Española para reabastecerse.

Virgen santísima, ¿qué sería de mí?

Unos días atrás me encontraba agradeciéndole a nuestra Madre haberme concedido la dicha de estar haciéndome a la mar en naves españolas; luego, por una casualidad favorable a mi fortuna, me encontraba sirviendo a Cortés como asistente; pero de nuevo se echaba a suerte mi destino, como siempre encadenado a otros, y, por primera vez, me vi obligada a pensar seriamente en que era tiempo de tomar mis propias decisiones. Me parecía arriesgado ir a dar a Cuba, donde pasaría el resto de mis días aislada y sirviendo en la miseria a don Alonso; mucho más peligroso era meterse en la boca del perro mexicano y enfrentar junto a don Fernando a los despiadados hijos de Tezcatlipoca en su propia ciudad de Tenochtitlan, pero esto, al menos, me daba la oportunidad de vengar la muerte de mi padre y, con Cristo a la cabeza de esta empresa, acaso podríamos librar a la Nueva España del régimen opresivo y cruel de los mexica.

Era aún joven y en mi espíritu no lograba diferenciar entre mi anhelo de venganza y el de justicia, pero creía que era posible forjar un gobierno temeroso de las enseñanzas de Dios, lo que me emocionaba y me enardecía. Como todo nacimiento, el de la Nueva España no escatimaría sangre y dolor; pero, ¿a quién podía importar eso en los albores de una vida mejor? Había que actuar pronto, entonces, y bien: unirse a los parciales de Cortés y andar como con pies de barro entre el polvorín donde mi Capitán planeaba su próxima, magistral jugada.

Carta novena

De cómo don Fernando se puso al mando de la expedición y de los nuevos aliados que encontró para llevar a cabo la conquista de México.

¡Qué hombre más arrojado y valeroso me parecía entonces don Fernando! Admiraba su autoridad, impuesta a golpes de astucia más que con el puño tiránico que, a mi juicio, no hace sino delatar la presencia de un corazón blando, aunque no le temblaba la mano para imponer un castigo, por duro que fuera, siempre y cuando resultara merecido o ejemplar. Yo hubiera ido hasta el confín del mundo por Cortés, pues además, a medida que pasaban los días, más nos unía la necesidad de comprendernos mutuamente; él, para conquistar esta tierra; yo, para servirlo a él. Y comencé a entenderlo de tan honda manera que me bastaba a veces con mirarlo para anticipar sus pensamientos. Sabía que mi Capitán no estaba en un país desconocido, enfrentando los riesgos inseparables de tamaña empresa, por más que ésta los valiera, solamente por procurarse riquezas; antes bien, ansiaba convertirse en el caballero que más gloria había procurado a la corona española y la cruzada de la fe católica. Anhelaba el reconocimiento de su rey y regresar a España para integrar el séquito real al lado de caballeros de cuna noble; pues creía que un triunfo sobre Motecuhzoma le daría cuanto deseaba, pasaba largas horas tratando de descubrir cuál era el flanco débil que le permitiría avanzar hasta las entrañas del imperio.

La intuición de Cortés le aconsejaba viajar a México-Tenochtitlan, justamente por la férrea oposición de Motecuhzoma, pero hacerlo con menos de 500 soldados era una sinrazón homicida. Precisaba carne de cañón, hombres adiestrados como lebreles, feroces y dispensables, que allanaran su camino. Y te diré, Martín, que para mi asombro, la Providencia, o la fe de mi Capitán en la Santa Cruz, pronto le enviaron los refuerzos y las respuestas que necesitaba para organizar la marcha que nos llevaría a destino.

En unos médanos cercanos a la Vera Cruz nuestros centinelas descubrieron a cinco indios que merodeaban por el real, ocultos a los enviados de Motecuhzoma. No pertenecían, pues, al pueblo mexica, pero tampoco venían del Mayab, ya que eran mucho más altos de cuerpo y llevaban adornos de oro y turquesas en labios, nariz y orejas. No comprendía lo que hablaban, pero les pregunté si había entre ellos algún nahuatlato, parlante de náhuatl, y, en efecto, en la partida había dos. Se trataba de gente totonaca, del señorío de Cempoala, sometido por la fuerza a Motecuhzoma. Su gobernante, cuyo nombre no recuerdo porque a poco de conocerlo se lo bautizó como Cacique Gordo y el apodo perduró, los había enviado a descubrir quiénes eran estos dzules blancos, a los que precedía la fama de su victoria sobre Tabasco. Habían permanecido alejados solamente por temor a los guerreros mexicanos que todavía unos días atrás se encontraban en el real. Cortés, que hasta ese momento había dado por cierto que el reinado de México era vasto por consenso, preguntó: "¿Es que son enemigos de Motecuhzoma?"

Los hombres dijeron: "Enemigos jurados: nos ha vencido en la guerra, nos quita a nuestros hijos y mujeres y nos obliga a pagar excesivos tributos, igual que a nuestros primos de Tlaxcala".

De nuevo Cortés interrogó: "¿Hay otros pueblos enemigos de los mexicanos?"

Y los totonaca respondieron: "Miles: toda la tierra los odia; todas las provincias los combaten; nadie hay en el reino que no desee vengarse de ellos".

Luego del diálogo, Cortés despidió a los hombres con regalos para su cacique, no sin antes prometerles que pronto iríamos a visitarlo.

Mi señor había comprendido lo que yo me desesperaba por hacerle entender: que él era la respuesta a los ruegos de los habitantes de la Nueva España, hartos del gobierno injusto y arbitrario de México-Culhúa. Mi Capitán quedó muy alegre de haber hallado unos señores enemigos de sus enemigos y con guerra.

Sin estas importantes novedades, acaso se habría convencido de que volver a Cuba para abastecerse de pertrecho era mejor idea que adentrarse, con tan pocos hombres, en tierra desconocida y seguramente inhóspita. Pero parecía obra de prodigio la forma en que se iba allanando el camino para que tu padre alcanzara su objetivo.

Don Fernando no olvidaba que para poder seguir adelante era menester revocar la autoridad de Diego Velázquez, quien lo había mandado con permiso oficial para rescatar, no para poblar, y quien seguía siendo, aunque mal le pesara, la autoridad suprema de estos adelantados. Los soldados de la parcialidad de tu padre deseaban quedarse a conquistar la tierra y a poblarla, puesto que los presentes que enviara Motecuhzoma a Cortés habían dado pruebas contundentes de la riqueza de la Nueva España; además, estaban tan empobrecidos que no tenían nada que perder. Empero, no fueron las esmeraldas, las finas mantas, las plumas valiosas, ni siquiera los dos prodigiosos calendarios de oro y de plata lo que convenció a estos españoles de la conveniencia de seguir adelante; antes bien, recuerdo que el casco enmohecido y viejo de un simple soldado fue lo que determinó que, por separado, cada uno de los bandos tomara la decisión crucial que enlazaría el rumbo de ambas naciones.

¡Cuán baladí puede ser aquello que determina el destino de los pueblos! Teuhtlile, cuando vio el casco que te refiero en la cabeza del soldado, lo pidió para llevarlo ante Motecuhzoma, ya que era exactamente igual al de Huitzilopochtli, con lo que creyó hallar en él la prueba indiscutible de que los hombres de Castilla descendían de sus dioses; y Cortés, al entregarlo, pidió que se lo devolviera lleno de pepitas de oro, porque quería ver si dicho metal, tan apreciado en España, también se daba en esta tierra. Teuhtlile mostró a su rey lo que creía era la prueba de que los españoles descendían de Serpiente Emplumada; y cuando lo devolvió, como Cortés quería, lleno de oro, antes que cualquiera de los majestuosos obsequios de Motecuhzoma, les hizo ver a los extranjeros que aquí había riquísimas minas, lo que azuzó de inmediato su codicia y su esperanza de volverse ricos.

En fin, que Cortés con todo ello llevaba agua para su molino, es decir que más razones tenía para plantear a sus leales la conveniencia de quedarse a poblar la tierra y promover la guerra justa, y éstos, cada vez más seguros de que así estarían sirviendo a sus majestades católicas y procurándose un bien a sí mismos, redactaron una petición formal para que don Fernando fuera nombrado justicia mayor y capitán general de la Nueva España.

Los partidarios de Velázquez corrieron a la tienda de Cortés, demandando el regreso inmediato a Cuba, reprochándole a tu padre que quisiera erigirse en autoridad y traicionar al gobernador de Santiago. A esto, mi Capitán les respondió muy sereno que estaban equivocados, pues él respetaba íntegramente las instrucciones y memorias de Velázquez y que, si el ejército así lo deseaba, ordenaría a todos los soldados que se embarcaran para emprender la marcha de regreso al día siguiente. Ni bien se enteraron de esto los simpatizantes de mi Capitán, también se presentaron en la tienda, y con discursos encendidos argumentaban que era Velázquez el traidor verdadero, pues enviándolos a rescatar los dejaba en la ruina, ya que sus deudas para pagar las naves y las provisiones del viaje eran tantas que, luego de que el gobernador se quedara una vez más con la mayor parte del botín, ellos no recibirían ni el costo de lo que ya habían gastado.

Bernal Díaz, que por tercera vez viajaba bajo órdenes de Velázquez a la Nueva Tierra, en nombre de los leales, dijo a Cortés: "Le requerimos de parte de Dios nuestro señor y de su Majestad que luego pueble y no haga otra cosa, porque es un muy grande bien y servicio de Dios y de su Majestad", y añadió que los que quisieran aún volver a Cuba así lo hiciesen, pero que ellos rogaban a Cortés hacer lo que solicitaban, para lo cual lo nombrarían justicia mayor y capitán general y le sería otorgado, sacado el quinto real, un quinto del oro y de lo que más hubiese; el escribano Diego de Godoy dio a Cortés estos vastos poderes, lo que zanjó la revuelta incipiente.

Ese día se fundó la Villa Rica de la Vera Cruz, así nombrada por aquello que el capitán Alonso Hernández Puertocarrero había dicho a don Fernando:

Yo digo que mires las tierras ricas y sepas bien gobernar:

Cata Francia, Montesinos,
Cata París la ciudad,
Cata las aguas del Duero,
Do van a dar a la mar.

Quería decir que Cortés, como el conde Montesinos de aquel romance, tendría el poder para desenmascarar las trampas de Velázquez que, cual el pérfido Tomillas, traicionaba a su rey sin que éste pudiera advertirlo. La rebeldía de Cortés al gobernador no haría, en verdad, sino descubrir la bellaquería de Velázquez.

Como esto de gobernar las tierras ricas casi cumplido quedaba, y porque habíamos desembarcado el viernes en que se recuerda el calvario de nuestro Señor, tuvo por nombre ese puerto el de Villa Rica de la Vera Cruz. Cortés aprovechó tan buena ocasión para meterse al bolsillo dos potenciales rivales, haciendo que se los nombrara los primeros alcaldes; uno fue Francisco de Montejo, pariente de Velázquez y por lo mismo de su parcialidad, y el otro el muy fiel Puertocarrero, por quien tu padre sentía mucho aprecio aun cuando veía aparecer sentimientos en él que más temprano que tarde pondrían en vilo su amistad.

Juntos todavía, don Alonso y yo vimos poner una pica en tierra mexicana, signo de que los hombres de Castilla habían decidido poblar.

¿Era posible que Malinali por fin tuviera un lugar en este mundo, al lado de un cristiano que aprendería a quererla con sinceridad?

El mañana me parecía prometedor y esperanzado y, aunque siempre que fui verdaderamente feliz, sentí miedo de perderlo todo. Ese día recorrí despreocupada las playas de la primera ciudad de la Nueva España del brazo de mi dulce amigo, quien celebraba dichoso su primera victoria con el arrebatado candor de un muchacho enamorado.

Carta décima

En la que se narran los incidentes de Cempoala que les dieron fama en toda la provincia a los españoles.

Por mi todavía limitado uso de la lengua española, lejos estaba yo de saber que la mayor preocupación de Cortés consistía en justificar su rebelión contra Velázquez, a ojos del emperador Carlos I, como la acción necesaria de un espíritu empeñado en procurar el bien general. El gobernador de Cuba, en quien estaban delegadas por el trono español las funciones de adelantado y conquistador, había logrado que se le reconfirmara, lo que convertía a don Fernando en rebelde y usurpador. Tenía que actuar, y tenía que hacerlo pronto, so pena de terminar en la horca. Fue por ello que decidió enviar, para que expusieran su caso ante los tribunales competentes, a los dos alcaldes nombrados en el cabildo de la Vera Cruz, Francisco Montejo y Alonso Hernández Puertocarrero, con muy precisas instrucciones, además del tesoro que le había enviado Motecuhzoma al rey Carlos I, y de la primera de las Cartas de Relación que don Fernando dirigió a su majestad y que luego se perdió, para daño y pena de mi Capitán.

Recuerdo que Cortés ocupaba gran parte de la noche, muchas veces desde que comenzaba a caer la tarde hasta que despuntaba el alba, en redactar las relaciones que escribía con el fin de que en España se conociera la conquista en sus más minuciosos pormenores, y aunque poseía una buena memoria, a menudo requería la presencia de sus capitanes y lenguas para interrogarnos acerca de un acontecimiento, a fin de cotejar datos y otras informaciones.

Cuando supe del próximo viaje de don Alonso a la corte, comprendí que mucho de lo que ocurría, y que tanto podía afectarme, me pasaba de largo debido a mi ignorancia de la lengua castellana, y a ponerle remedio dediqué en adelante mi empeño, como si en ello me fuera la vida.

Las astucias de tu padre, que fueron tantas y tan eficaces, no hacían sino inflamar la admiración de cuantos lo conocían.

¿Qué era lo que entonces sentía por mi Capitán?

Cortés me dispensaba su atención no como una dádiva, sino porque le eran de utilidad mis pareceres; le era grata mi presencia y tenía en mucho la lealtad que le profesaba entonces y que perdurará hasta que yo muera. Pero a su vez, el respeto de su ejército y su obediencia, que era absoluta salvo los episodios menores que en estas cartas refiero, eran espuelas a su genio y su nobleza; porque nobles fueron, además de sagaces, los actos de tu padre en la campaña.

¡Bendito el día en que encontramos a aquellos hombres ocultos tras las dunas ardientes de la Vera Cruz! Sin ellos, don Fernando no hubiera tenido más ayuda que la de un minúsculo ejército para tratar de emprender la conquista de esta tierra y, al cabo, habría cedido al proyecto de volver a Cuba. Pues bien, quiso Cristo nuestro Señor ponernos en camino hacia Cempoala, donde a un tiempo comprobamos la fuerte enemistad que campeaba entre el Cacique Gordo y los mexicanos y verificamos la fuerza del ejército totonaca, indispensable aliado para vencer a Motecuhzoma.

Cortés ya había comprendido la importancia de respetar las solemnes ceremonias de los pueblos de esta Nueva España y, así, el recibimiento con que nos esperaban en Cempoala se desarrolló conforme a costumbre: primero zahumaron con copal a don Fernando y sus capitanes mientras los cubrían de flores y pronunciaban las más amorosas palabras de bienvenida en que pensar se pudiera, tras de lo cual a todos nos obsequiaron con bastimento, doblemente preciado por las privaciones que sufrimos hasta entonces, y después de ello presentaron a mi Capitán el rescate que por cierto le era sumamente necesario para repartir entre sus soldados con objeto de afianzar lealtades y anular a los contrarios, pues bien se dice que dádivas de oro quebrantan peñas.

Tras del ritual de bienvenida, mi Capitán dijo al Cacique Gordo que él le pagaría tantas mercedes con buenas obras, y que lo que hubieran menester se lo dijeran y que él vería de hacerlo, pues vasallo era del emperador don Carlos, un tan grande señor que gobernaba muchos reinos y tierras, que a él lo había enviado para deshacer agravios y castigar a los injustos y malos, y así mandaba también que el fuerte no le robara al débil y que no les tomara los hijos y las mujeres, y a vigilar venía que no hubiera más sacrificios de ánimas a los malos ídolos que en estas tierras venerábamos. Porque has de saber, Martín, que en el camino a Cempoala encontramos muchísimos templos con torsos y corazones de personas, y al preguntarnos los españoles dónde habían quedado sus brazos y sus piernas, respondimos que servían de banquete a los sacerdotes que ahí oficiaban, con lo que mucha admiración y repugnancia sintieron de tantas y tan grandes crueldades.

Al término del discurso de Cortés, el Cacique Gordo dio grandísimos suspiros, cuan enorme era la pena que lo embargaba, ya que, según dijo, todo cuanto de malo efectuaba era por órdenes del tirano Motecuhzoma y sus gobernadores, que hacía poco lo habían sojuzgado, llevándole todo el oro, y era tal apremio en que lo tenían que no osaba hacer sino lo que le era mandado, porque Motecuhzoma era señor de grandes ciudades y ejércitos y vasallos. Y Cortés le pidió que se encontrara con él de nuevo en el puerto al que se había dado por nombre Bernal, puesto que para allá íbamos a encontrarnos con nuestros barcos, y le dijo que no debería temer nunca más, porque los cristianos lo ayudarían a sacudirse el yugo mexica. El rescate que Cortés llevó de Cempoala no fue nada en comparación con los 400 indios tamemes que puso el Cacique Gordo luego de la entrevista a disposición de nuestro ejército, conforme a la usanza de estas tierras; con ellos, partimos rumbo a la costa.

Más de 30 señores de regiones totonaca fueron reunidos en Bernal para expresar a Cortés sus quejas contra el imperio mexicano. Uno a uno contó a mi Capitán aquello de que más había tenido mancilla: ese, que los recaudadores forzaban a sus hijas y mujeres; aquel, que las tomaban para sacrificarlas; otro se quejaba de que las hacían servir en sus casas y sementeras. Tantas quejas, expresadas con lágrimas de estos nobles, ablandaron los corazones de los hombres de Castilla. Y como si hablando se hubiera invocado al demonio, en ese momento llegaron al pueblo los recaudadores de Motecuhzoma, según vinieron a informarlo, presurosos, hombres del Cacique Gordo. Incluso éste perdió el color de sus sonrosadas mejillas y, temblando de miedo, abandonó a Cortés para salir corriendo a preparar una recepción digna de los emisarios de Motecuhzoma.

Los altivos recaudadores pasaron junto a Cortés, sin siquiera mirarlo, hasta los aposentos preparados con demasiado apuro como para resultar dignos de su magna presencia y de inmediato reprocharon, con voz calma pero amenazadora, a los caciques ahí reunidos por haber hospedado en sus pueblos a los caxtilteca y por estar en pláticas con ellos sin la debida autorización de Motecuhzoma. En penitencia, les reclamaron 20 ánimas, para aplacar con su sangre la cólera de los dioses. Este episodio me trajo a la memoria la injusta captura de mi padre y su posterior asesinato con tanta fidelidad que sentí como si me hubiera muerto de golpe y fuera mi espectro el que seguía con atención estos acontecimientos.

Durante años había pensado en aquel día aciago que me había convertido en la hija de un sacrificado, diciéndome a mí misma que de haber sido mayor habría luchado contra los bandidos mexica por la vida de mi padre; pero hete aquí que me encontré en un marasmo, y no sé cómo acerté a explicarle a mi Capitán, pues lo requería, lo que en el pueblo estaba sucediendo.

Los recaudadores eran agentes de una fuerza todopoderosa, impuesta en el imperio por medio de un terror que había calado tan hondo en nuestro ánimo que ni siquiera nos permitíamos cuestionarla; en tanto que don Fernando solamente veía en ellos a cinco hombres altaneros y encumbrados, vulnerables cuanto inermes, por lo que ordenó que de inmediato se les pusiera presos y, al que opusiera resistencia, se le diera de palos. No había otro ejemplo de este grave ultraje en toda la historia del reinado mexica: nadie había osado jamás levantar una mano contra un embajador del poder central.

Los líderes del pueblo totonaca no daban crédito a lo que escucharon: ¿había ordenado Cortés encarcelar a los recaudadores? No habría forma de escapar a las represalias del soberano mexicano. Cortés volvió a decirles que el propio rey Carlos lo había enviado a castigar a los malhechores, que no consentiría más robos ni sacrificios de hombres, y que mandaba apresar a los recaudadores para que supiera Motecuhzoma que el monarca de España no toleraría sus abusos, por lo que debían publicar en todas las provincias donde gobernaban que en adelante no se daría más tributos ni se obedecería más a Motecuhzoma. Y viendo a los recaudadores presos, enseguida fueron los caciques a sus pueblos y contaron esto y otras cosas, con lo que en la región no se hablaba sino de los extraños que debían ser dioses, pues no podían ser hombres quienes osaban actuar de esa manera.

Sin embargo, don Fernando comprendía lo arriesgado de sus actos plenamente y, a fin de no desatar la furia de las huestes mexica, en secreto durante la noche mandó traer a su presencia a dos de los recaudadores, que le echaron en cara la deshonra a que los había sometido; pero él les aseguró que no tenía culpa de este entuerto y, para probarlo, los liberaría en el acto; además, los enviaría con bateles mar arriba hasta salir de Cempoala, para asegurarse de que podrían llegar con vida a México. Y fue providencial que así lo hiciera, porque Motecuhzoma, ni bien se enteró de la desobediencia y la rebelión del pueblo totonaca, había ordenado que se preparara a su ejército para ir hasta Cempoala para arrasarlo, pero justo antes de que saliera llegaron aquellos dos hombres que Cortés había liberado y, en señal de agradecimiento, en vez de guerreros el rey mexicano envió una partida de embajadores a don Fernando, aunque aprovechó para reclamarle que hubiera arengado a esos pueblos en su contra.

Mi Capitán esperaba esa protesta y, así, abrazó a los representantes de Motecuhzoma, diciéndoles que porque como amigo lo tenía le había guardado con bien a los otros tres recaudadores, pero que era él, Motecuhzoma, el culpable de que nos hubiéramos refugiado entre el pueblo totonaca, ya que nos había dejado a descubierto en el real, días atrás, sin una explicación y sin comida. Además, mientras Cortés estuviera en esas tierras, los totonaca no darían tributo a Motecuhzoma, pues lo debían al emperador Carlos: no era posible servir a dos amos. Por último, Cortés informó que quedaría esperando sus órdenes de ir a Tenochtitlan a visitarlo. Los embajadores mexicanos dejaron los obsequios que su rey había mandado a don Fernando y se despidieron a fin de volver sin demora con el mensaje de Cortés a Motecuhzoma.

De nuevo, ninguno podía creer lo que veía. El gran jefe mexicano pagaba con oro y otros presentes la afrenta de los caxtilteca. De ahí en más, en todo Cempoala se tuvo por cierto que los españoles no pertenecían a la raza grosera de los hombres: eran guerreros invencibles, dioses a los que se debía temor y respeto; esta idea pronto se extendió a otras regiones.

Ahora dime, Martín, ¿quién verdaderamente llevó a cabo la conquista de México?

Carta decimoprimera

Sobre las cavilaciones de Motecuhzoma Xocoyotzin, según palabras de su hija, doña Isabel.

Después de las derrotas que sufrió el cacique de Tabasco a manos del ejército español, lo único que deseaba era alejar a tan peligrosos enemigos de su tierra, propósito que logró, como ya te lo he narrado, señalándoles la ruta del oro hacia México. Motecuhzoma comenzaba a pensar que la manera de detener a Cortés era confinarlo rápidamente en el corazón del imperio, donde su influencia no era de temer, pues de lo contrario pronto no quedaría tributario que permaneciera fiel al dominio mexica. Hasta ese momento, el soberano había permitido que sus sacerdotes tomaran las decisiones relativas a los hombres de Castilla, pero comenzaban a fastidiarlo con sus temores mujeriles y sus advertencias de catástrofe.

¿Es que él no era cem-anáhuac tlatoani, heredero del antiguo soberano de Aztlán y de una estirpe noble, la dinastía de Acamapichtli? ¿Acaso no había consolidado definitivamente la grandeza de Tenochtitlan, cuyo poderío y renombre se extendía por toda la tierra?

Incluso Carlos I sabía de su existencia. Ay, el emperador Carlos. ¿Correría por sus venas sangre de Serpiente Emplumada, nuestro padre Quetzalcóatl? Seguramente así era, puesto que en un año uno-caña había jurado volver, y era uno-caña el año en que habían desembarcado quienes afirmaban ser sus nietos; además habían llegado por el este, sitio del legendario Tlillan Tlapallan, país del negro y el rojo, en que fue a reinar el majestuoso Ehécatl.

¿Y el casco que le mostró Teuhtlile? ¿Y la prohibición de Cortés a la sagrada práctica del sacrificio, proscrita también por Quetzalcóatl? Ay, eran de su estirpe sin duda: por eso resultaban indestructibles. Mas, ¿para qué estaban en sus dominios? ¿No pertenecía por ley a Motecuhzoma el poder de México-Tenochtitlan?

La respuesta a esa pregunta final, expresada de manera involuntaria, volvió a sumirlo en las tribulaciones de las que comenzaba a salir gracias a las glorias de sus abuelos mexica: Motecuhzoma sabía muy bien que el poder sobre él investido era resultado de una confabulación. Oh, Itzcóatl, oh, Tlacaéllel: ¿por qué no habían asentado el trono sobre terreno menos movedizo? Ahora la verdad acerca de su origen corría el riesgo de quedar al descubierto gracias a los herederos legítimos de los dioses, que venían a reclamar lo que era suyo.

> Yo, Motecuhzoma Xocoyotzin, no soy sino el guardián del solio y del trono...

Sin embargo, quedaba una esperanza: permitir a Cortés entrar en Tenochtitlan, mostrarle esta ciudad espléndida, fundada por instrucción del poderoso Huitzilopochtli, construida en base a los ideales tolteca y sólidamente asentada en el poderío que habían sabido darle los mexica; una metrópoli esplendorosa y perfumada, limpia y ordenada, como para rendir homenaje a la bóveda celeste bajo la cual yace, en el punto más cristalino del aire, la región más transparente:

> Aquí ha de ser engrandecido y ensalzado el nombre de la nación mexicana; desde este lugar ha de ser conocida la fuerza de nuestro valeroso brazo y el ánimo de nuestro valeroso corazón, con los que hemos de rendir a todas las naciones y comarcas, sujetando de mar a mar a todas las provincias y ciudades, haciéndonos señores del oro y de la plata, las joyas y las piedras preciosas, las plumas y las mantas de algodón.

Traer a su enemigo a la ciudad imperial, y entonces conocer si Cortés era capaz de arrebatarle el trono; pero, en caso contrario, ya vería el hombre de Castilla, ya sabría lo que es morir tendido en el téchcatl, la piedra de la tuna, la piedra de los sacrificios; en ella Motecuhzoma con sus propias manos degollaría al que había sido capaz de robarle el sueño con sus veladas amenazas y le arrancaría el corazón; ya adornaría la testa de don Fernando el Tzompantli...

¿Sería capaz de hacerlo? En el fondo, Motecuhzoma encontraba desagradable el cruento ritual del sacrificio y, cuando aún era un niño, los sacerdotes encargados de su instrucción religiosa habían debido quebrantar, por imprimirle vigor, la debilidad propia de su naturaleza compasiva; incluso acostumbrarlo al hedor del templo que se perpetuaba en sus cabellos ensangrentados fue una tarea titánica. Quizás era esa una precoz señal de que él estaba destinado a ser el último emperador mexicano: ¿acaso no significaba eso *xocoyotl:* "el más reciente" o "el último"?

En sentido estricto su nombre remitía a su abuelo y, pues había existido éste, Huehue Motecuhzoma, él era *xocoyotzin,* "el nuevo señor"; pero siempre había tenido miedo de no resultar el monarca que se esperaba. ¿Estaba, pues, escrito que con él se acabaría el gran imperio mexicano?

El postrer Motecuhzoma; el último de los Que Saben Enojarse como Señores; en adelante, serían otros los que tendrían sobre sus hombros la gloria pero también la tremenda, brutal, insoportable carga de México-Tenochtitlan, bajo cuya faz de hermosura deslumbrante dormitaba un monstruo.

Eso sería un alivio. Y nada podría hacer él si era la fuerza de la fatalidad la que le arrebataba el trono que, en todo caso, no le había pertenecido jamás. Bastante había hecho con aumentar sus dominios: nadie podría acusarlo de no ser un guardián comedido y esforzado. Cierto era que, a cambio de ello, gozaba de un poder que no conocía limitaciones, pero también lo condenaba a sufrir la inconmensurable soledad del mando: todo hombre bajo cuyo arbitrio cae la vida y la muerte de otros hombres se halla absolutamente solo.

Motecuhzoma casi se había convencido de que debía invitar a

Cortés a México, cuando interrumpió sus pensamientos la juvenil risa de Ichcaxóchitl, flor de algodón, nombre de la más querida de sus hijas, su predilecta. Llamada también Tecuichpo, joven noble, más tarde bautizada con el cristiano Isabel, su hija ya era una mujer, pero el rey seguía pensando en ella como una niña pequeña que veneraba a su padre. Entonces recordó las siniestras advertencias de su hermana, la princesa Papantzin, acerca del fin de su reinado, y de nuevo lo embargó el temor; pero esta vez era un sentimiento distinto: no el fruto de la debilidad, sino un manantial de coraje, que obliga a la acción y a la defensa de nuestra propia vida para protección de nuestros seres queridos. Sintió el miedo de la madre tigre, nunca más feroz que cuando algo amenaza a sus cachorros. Mis hijos, pensó Motecuhzoma, mi preciada Tecuichpotzin, desposeída de todo cuanto le es propio, desprovista de la vida que conoce y que la ampara desde que fue concebida. No: la idea de que su hija cayera presa de sus enemigos era más de lo que podía tolerar. Peor aún, la imaginó abierta de un tajo sobre la piedra sacrificante, ofrendado a tetzahuitl Huitzilopochtli su preciado corazón, cuyo veloz latido él había seguido alguna noche, admirado del contraste que ofrecía al sereno sopor de su sueño dulce de niña, y esto le resultó todavía más insoportable. Cerró los ojos como para expulsar esas visiones espectrales que lo habían herido y decidió ceñirse a los dictados de sus sacerdotes. No haría nada para atraer a Cortés; pero tampoco continuaría negándose en caso de que insistiera en entrevistarse con él; ¿o era mejor seguir enviándole amenazas?

¡Ay, canto tristes cantos,
hago memoria de los nobles!
¡Si volviera a estar yo junto a ellos,
si lograra asirlos con las manos,
si viniera yo a su encuentro!

Todo sucedería de acuerdo a lo esperado. Nahui Ollin, el sol mexica, declinaría con o sin su concurso. Sería lo que sus dioses protectores así decretaran; sería lo que sus abuelos dispusieran. Los días del imperio llegaban a término y su último deber de gobernante era guiar a buen puerto ese barco herido de muerte.

Dentro de la primavera
deleitosas son las flores,
deleitosos son los cantos;
pero mi casa es dolor.

Ésta es la palabra de Motecuhzoma Xocoyotzin, noveno soberano mexica; así me fue narrado por Tecuichpo, la princesa Ixapeltzin, la bella Isabel.

Carta decimosegunda

En la que se hace relación del inicio de la marcha rumbo a México-Tenochtitlan de los hombres de Castilla y sus aliados, bajo el mando de su Capitán General, Fernando Cortés.

Yo vi, Martín, a don Fernando volver a la Vera Cruz, muy circunspecto en su caballo; lo vi apearse y lo vi andar de un lado a otro del real sin siquiera levantar los ojos para vigilar el alzamiento del fuerte; miré el silencio de tu padre y supe que tenía en la mente las mismas reflexiones que el emperador Motecuhzoma, y es que los dos pensaban en la caída de México, pero mientras para Xocoyotzin el ocaso de su reinado era fruto de la fatalidad, para Cortés era una bendición ganar estos grandes señoríos para gloria de la fe católica. Era designio de Dios haberles dado a sus hijos de Castilla una fuerza capaz de doblegar a los naturales de la Nueva España; como voluntad divina era que, pese a sus costumbres bárbaras, estos fueran pueblos de inteligencia y refinamiento, pues buenos fieles serían una vez conversos, cuando los hubiera alejado de sus idolatrías.

Cortés casi aborrecía la necedad torpe de los naturales de las islas, tan distintos de los que poblaban la Nueva España. Aquéllos no servían ni para bestias de carga; acostumbrados a la indolencia y el ocio, se morían pronto, de fatiga, de enfermedad o a consecuencia de los castigos; por ello habían debido echar mano de los esclavos de África que ahora se vendían a precio de oro. Inútiles habían sido también los esfuerzos para adoctrinarlos. La Nueva España era otra cosa; algo tenía esta tierra de la superior belleza trágica de los moros, y conquistar México sería como una nueva, casi definitiva victoria del cristianismo sobre los muslimes.

¡Qué extraordinaria circunstancia lo había puesto a él, precisamente a don Fernando, al frente de una empresa que haría palidecer las hazañas de los héroes de su infancia! Se sentía como transido de bendiciones y dichas: si tan sólo lograba sostener su esfuerzo un poco más, la corona de triunfo sería suya. No para sí mismo, sino para el rey y, con él, para España toda.

El plan de la conquista se había desplegado íntegro ante sus ojos luego de su visita a Cempoala; los naturales de esta tierra estaban tan ansiosos de liberarse del yugo mexica que, de habérselo ordenado, al momento habrían marchado contra el corazón del imperio. El escollo había surgido, nuevamente, dentro de sus propias filas. Cortés sabía que para ser invencible no era necesario sino que los demás creyeran que lo era, como el Cid Campeador en la póstuma batalla; por eso mismo, nada podía ser menos conveniente ahora que los totonaca advirtieran una falta de unidad en su ejército ni mucho menos el miedo que aquejaba a ciertos soldados. Había otra dificultad: Cortés se preguntaba cómo disciplinar a éstos sin granjearse al mismo tiempo su enemistad.

Don Fernando vio las naves, que parecían pedir mar: eran el punto de referencia permanente de los hombres en el real, incluso de Marina, su lengua; él me miraba observar los barcos con un embeleso que lo enfurecía, aunque por pudor jamás fuera a confesármelo. Todos ahí ansiábamos navegar. Sus soldados no comprendían la oportunidad tan magnífica como irrepetible de ganar la Tierra Nueva para España; estaban afectados de nostalgia y preferían regresar, llenos de deudas y en bancarrota, a sus míseras propiedades y sus indios holgazanes. Los conatos de revuelta que había debido sofocar ya le habían costado más partidarios de los que podía perder y todo por el maldito anhelo de volver atrás. A Cortés no le ocurría lo mismo; prefería morir a manos de idólatras que terminar bajo la furia vengativa de Diego Velázquez, envejeciendo junto a Catalina Xuárez.

No, eso no. Era preciso seguir adelante. España vencería pues era el brazo fuerte de la Divina Ley de Cristo y don Fernando su alfil. En ese momento, como un rayo, lo iluminó la respuesta que buscaba. Su voz tronó sobre las olas y el barullo de los hombres que construían el fuerte: mandó reunir maestres, pilotos y marineros, ordenó sacar de las naves velas, aguja y timón, anclas, cables y todo cuanto aprovecharse pudiera, y que se diera con todos los navíos al través, que no quedaran en pie sino los bateles. Los pilotos, maestres viejos y marineros que no eran para ir a la guerra, permanecerían en puerto bajo las órdenes de Juan de Escalante, pero los demás debían prepararse para retornar a lo suyo, que era servir a la Santa Cruz, y pronto irían en busca del gran Motecuhzoma para lograr su rendición, pues ¿de qué condición eran los españoles para no ir adelante y estarse en partes que no tuvieran provecho de guerra? ¿Acaso no iban a resguardo de la voluntad de Dios? ¿Podría sufrirse una derrota cuando era justa la causa que se defendía? Arengó Cortés a sus soldados con tan grande convencimiento y pasión que los que dudaban antes en seguirlo quedaron inflamados de deseo, impacientes por entrar en acción. Y así fue, Martín, que vi encallar las naves vacías sobre la arena, cual esqueletos de náufragos; nuevamente, y esta vez para siempre, con ellas sepulté mis esperanzas de volver a hacerme a la mar. Sin embargo, ninguno allí pudo menos que admirar a Cortés su determinación y, en lo que a mí toca, hijo mío, en secreto me holgué de pensar que mi Capitán tenía deseos de permanecer en esta tierra.

Al día siguiente, luego de haber escuchado misa, Cortés subió a su montura y, dirigiéndose a sus hombres, les recordó que ya no tenían navíos para ir a Cuba, y que sólo poseían su buen pelear y sus corazones fuertes, pero que consigo llevaban la ayuda de la Providencia, que habría de premiar con la victoria su esfuerzo y su devoción. Todos a una le respondieron que harían lo que ordenase, pues eran sus servicios para servir a Dios y a su majestad. Cortés los recorrió con la mirada, orgulloso como un padre, y antes de dar la orden de marchar adelante dijo a sus capitanes:

> Mediante nuestro señor Jesucristo habremos de vencer todas nuestras batallas. Así debemos hacer pues somos pocos y

vamos sin más ayuda que la de Dios. Señores: sabemos qué nos espera en la jornada. Nuestra fe en la Cruz nos dará la victoria.

El viaje a México duraría varios meses. Se había acordado que entraríamos a través de la provincia de Tlaxcala, porque eran sus pobladores enemigos mortales de los mexitin y de buen grado pactarían una alianza con los totonaca que nos acompañaban. Además de los guerreros que el cacique de Cempoala había enviado a Cortés, 40 principales, hombres de guerra, viajarían con nosotros para ayudarnos; don Fernando los había solicitado también para mantenerlos secretamente como rehenes, en caso de ser necesario.

Emprendimos la marcha, a sabiendas de que el camino sería largo y penoso, pero puedo asegurarte, Martín, que no pensábamos en los riesgos de tan delicada empresa, por más que natural hubiera sido. La fe, que es cuanto se precisa para pasar hasta la más dura ordalía, nos daba confianza y, de no ser por las armas y los atuendos guerreros, más que un ejército parecíamos peregrinos. Por momentos, un pensamiento nublaba mi felicidad: mi situación era doblemente arriesgada, pues recelarían de mí en ambos bandos; pero si mi Capitán, que a tanto se exponía, cabalgaba con buen ánimo y la frente clara, ¿podía yo temerle a nada?

El viento huracanado de la Vera Cruz borraba nuestras huellas y comenzaba a ocultar las naves encalladas en la arena; no quedaba más camino que el que irían trazando nuestros pasos. ¿Qué obtendríamos: la ruina o la gloria? Ninguno hubiera osado aventurar una respuesta. Al igual que los abuelos indios cuando abandonaron Aztlán, el ejército de don Fernando había franqueado una frontera y no había vuelta atrás. Marchábamos al encuentro de nuestro destino. Caminando junto a mi Capitán, pues ya nunca permitía que me alejara de su lado, lo escuché murmurar: "Echada está la suerte de la buena ventura".

Y, mirando hacia delante, dijo: "Alea iacta est".

Carta decimotercera

Arribo de don Fernando con su ejército al reino de Tlaxcala, frontera con territorio culhúa, y lo que ahí acaeció.

Han pasado más de 10 años, que se llevaron consigo a la esclava que fui y a la muchacha llena de esperanzas. No volveré a ser la misma. He muerto dos veces y dos veces he sido madre; dos veces me forjé un destino y dos veces luché por la libertad de la Nueva España. Me he pasado la vida tratando de sobreponerme a la adversidad. Todo cuanto he hecho es, a un tiempo, demasiado y demasiado poco.

Más de 10 años pasaron y sin embargo lo recuerdo con diáfana claridad: a la salida del valle de Catalmi hallamos un muro, largo y desolado, en medio de la nada. En silencio nos acercamos, pues temíamos que al otro lado se ocultara un ejército, presto a saltar sobre nosotros ni bien traspusiéramos el extraño portón que nos franqueaba el paso, mas sólo se escuchaba el helado látigo del viento que bajaba desde las sierras nevadas y el resuello nervioso de los caballos, siempre alerta.

Desde entonces me ha perseguido, como un presagio funesto, esa visión fantasmal: un muro desolado, el sonido del viento, la incertidumbre de lo que aguarda al otro lado.

Aquella construcción de piedra seca, alta como estado y medio y ancha como 20 pies, atravesaba el valle de una sierra a la otra, y tenía un pretil de pie y medio para pelear desde arriba, y no más de una entrada, de 10 pasos, sobre la que la cerca estaba doblada a manera de revellín, estrecho como 40 pasos, que impedía entrar derecho sino doblando. ¿Cuál podría ser su propósito?

Los señores de Xocotlán nos dijeron que la cerca marcaba la frontera de Tlaxcala y que sus naturales la habían hecho para defender a sus pueblos de los enemigos mexicanos, con los que tenían guerra de continuo. A la sazón nos acompañaban algunos caciques del valle de Catalmi, tributarios de Motecuhzoma, pues éste les había dado órdenes de que se nos dispensara el trato de cualquier guarnición mexica que en sus tierras acampara, esto es, que se nos diera bastimento, esclavas y tamemes. De uno de esos señores, Olíntetl, fuimos muy bien recibidos, y recuerdo que cuando don Fernando le preguntó si acaso era vasallo de Motecuhzoma, aquél muy asombrado respondió si en la tierra alguien había que no lo fuera, tan grande era su poder, y como Cortés quiso que le hiciera relación de lo que habríamos de hallar en México, interrogó al cacique, de manera que fue Olíntetl por quien primero supimos acerca de la gran Tenochtitlan.

La ciudad que aspirábamos conquistar estaba protegida por una gran fortaleza y, como sus casas se fundaban sobre el agua, era imposible pasar de una a otra sino por puentes y en canoas; en cada casa había azoteas que se defendían con mamparas. Para entrar en México había tres calzadas, y en cada calzada cuatro o cinco aberturas por donde pasaba el agua de una parte a la otra, y en cada una un puente, y con alzar los puentes, que eran de madera, se cerraba el paso. Y con todo lo admirados que estábamos de lo que nos decía Olíntetl, nunca fue tanto como cuando conocimos la capital del imperio, pues una cosa es oírlo y otra haberlo vivido, Martín, como nunca será lo mismo que leas mis palabras a que me hubiera sido dado contártelo, mas no tenemos tiempo, hijo querido, sino para esta presurosa relación de la atribulada vida de doña Marina. Pero no debo apartarme de mi relato, o de otra forma no lo terminaré nunca, y es menester, jade mío, príncipe y caballero amado, que sepas lo que tengo que decirte en mi descargo.

¡Cuántas penas y cuántos trabajos pasamos en el viaje hacia Tlaxcala! Tras cada jornada parecía que despertábamos más llenos de huesos, y muchas noches, a pesar de mi fatiga, me era esquivo el sueño pues escuchaba a los soldados quejándose de la falta de sustento y de abrigo, ya que, como debían estar siempre bien apercibidos para pelear, caminaban y dormían con sus escopetas, rodelas y ballestas, que escasamente servían de cobijo, de manera que sólo las bestias, cuando las desmontaban, verdaderamente descansaban. Ninguno ahí se encontraba acostumbrado al temple de las sierras nevadas, puesto que veníamos de tierra caliente, y la helada nos hacía temblar todo el cuerpo. Con ser, Martín, el Mayab zona cálida, mar adentro en las noches muchas veces se padecía frío, y algo de experiencia tenía yo para ponerle valla, de tal forma que organicé a la gente de trabajo y, por más que mi Capitán no veía con buenos ojos que yo volviera a ejecutar tareas que no convenían a mi grado, les enseñé a preparar infusiones con hierbas que ayudan a calmar los dolores y pasar mejor la noche. Pero conforme nos acercamos a territorio mexica, Cortés ordenó que se apagara el fuego, para que nada delatara nuestro paradero; muchos indios de la isla Fernandina murieron a causa de ello; incluso mi Capitán terminó por enfermar de calenturas.

Los del valle de Catalmi rogaron a Cortés que, pues iba a ver a su emperador Motecuhzoma, no pasara por la tierra de los enemigos tlaxcalteca, ya que eran malvados y de seguro planeaban causarle un gran daño, en cambio con ellos andaría siempre por terreno seguro, propiedad de Motecuhzoma; entretanto, los de Cempoala pedían que no hiciera caso de lo que aquellos señores decían, pues era sólo por apartarlo del trato que habría de tener con los de esa provincia y para llevarlo hacia alguna trampa de Motecuhzoma, ya que malos y traidores eran todos los mexica.

Don Fernando decidió seguir el consejo totonaca, puesto que nada ganaban ellos con engañar a los españoles; mas, previendo que por algún acuerdo contrario fuera necesario pelear contra los de Tlaxcala, se dirigió a sus hombres y les dijo:

> Señores y compañeros: ya ven que somos unos pocos, por ello hemos de estar siempre bien apercibidos y sobre aviso, como si ahora mismo viéramos venir a los contrarios; y qué digo verlos venir, sino como si ya estuviéramos mezclados en batalla. Recuerden, pues, que muchas veces echan mano de las lanzas, por esto deben llevarlas

hacia las caras de ellos, sin pararse a dar lanzadas, y con toda su fuerza deben tenerlas, ayudándose a sostenerlas debajo del brazo, y espoleando al caballo para que éste con su furia ayude a sacarlas de las manos enemigas o lleve al indio arrastrando. Pero ya bien he entendido que en el pelear no tenemos necesidad de más avisos, porque he conocido que aunque yo bien quiera decírselo, ustedes lo hacen de muy mejor manera. Señores, sigamos nuestra bandera, que es la señal de la Santa Cruz; con ella, venceremos.

El ejército le respondió con un rugido que en buena hora marcharían adelante, pues con Dios iban y Dios era la fuerza verdadera. Y luego de esto, mi Capitán tomó el camino hacia Tlaxcala, para mucho pesar de los vasallos del emperador Motecuhzoma, y lo que allí ocurrió te relataré ahora.

Carta decimocuarta

Donde habrá de referirse las muchas batallas que libró Cortés con Xicoténcatl, el Mozo, por secretas instrucciones del senado tlaxcalteca, y de cómo, finalmente, cuando a punto estábamos de ser vencidos, se obtuvo la victoria.

¿Cuántas veces se enfrentaron las tropas tlaxcalteca con el ejército de don Fernando?

Oh, Martín, no lo sé; sólo recuerdo el cansancio, un desaliento que iba encontrando acomodo en las fatigadas heridas de nuestros soldados.

¿Cuántas veces nos hicieron la guerra?

Tantas, Martín, como las que tu padre envió mensajes de paz al pueblo de Tlaxcala. Con más bravura que sensatez y más obstinación que bravura, el rebelde Xicoténcatl porfiaba que la forma de vencer a los cristianos era combatirlos sin darles cuartel, y no se equivocaba: suya hubiera sido la victoria de no ser por el concurso de los cuatro señores de Tlaxcala, que ordenaron el cese definitivo de las hostilidades.

Luego de cada enfrentamiento, en el real aparecían mensajeros para asegurarnos que los asaltos eran obra de comunidades otomí, salvajes que actuaban sin su licencia, pues los tlaxcalteca querían ser amigos de los españoles. ¡Ay, Martín, cómo sufrimos, en esos primeros días en tierra enemiga, la lluvia como granizo de piedra de los honderos, y los peligros del suelo hecho parva de varas tostadas que atravesaban las entrañas donde no había defensa!

Además de Dios, que nos guardaba, y nuestra artillería, escopetas y ballestas, los hombres de a caballo, que tan diestros estaban, fueron muy varonil fortaleza, y no sé si hubiéramos podido seguir adelante sin su gallarda protección.

La continuidad de los enfrentamientos menguaba nuestras fuerzas: ¡eran tantos y tan bravos y esforzados guerreros! Capitales enemigos de los mexicanos, que los tomaban prisioneros para ser sacrificados, los tlaxcalteca tenían la costumbre de retirar a sus heridos y muertos, lo que nos impedía conocer el daño que les causábamos. Fue entonces que algunos soldados de don Fernando nuevamente amagaron con alzarse, pues, decían, Cortés los había metido donde nunca más podrían salir y, si él era loco para hacer eso, no lo fueran ellos y se volvieran a la mar. Pero, por sus parciales, al Capitán le era dado descubrir las confabulaciones antes de que llegaran a formarse, y cuando escuchó lo que sus hombres decían, ordenó que todos se juntaran, para hablarles y hacerles ver que muy mayor daño habría en volver sobre sus pasos, lo que se tomaría por debilidad y cobardía y pondría en su contra incluso a los que ya contaban como aliados; era menester que, como vasallos de Dios y del emperador Carlos supieran que estaban en condición de ganar para su rey los mayores señoríos que en el mundo había, y que, haciéndolo, también cumplían su obligación de cristianos, que era pelear contra los enemigos de la fe católica; y por ello en el otro mundo ganarían el cielo y en este conseguirían mayor honra que generación ninguna. Y pues Dios peleaba por nosotros, y a Él nada le era imposible, nos había dado las victorias que habíamos logrado, donde tantos de los enemigos habían sido muertos, y de los nuestros apenas unos cuantos, por más que éramos tan pocos.

"Vale más morir por buenos que vivir deshonrados", dijo mi Capitán, y con eso apaciguó la inquietud de los temerosos, que eran casi todos, pues quién no habría sentido miedo de verse tan dentro de la tierra y entre tanta y tan brava gente, y tan sin esperanza de ser socorridos de parte alguna. Pero yo, Martín, al lado de don Fernando, jamás sentí flaqueza, sino mucho mayor esfuerzo que de mujer.

La rebeldía de Xicoténcatl el Mozo, que moriría ahorcado por órdenes del senado tlaxcalteca, en realidad obedecía a un plan que habían fraguado sus cuatro miembros, el más principal de los cuales era Xicoténcatl el Viejo, padre de aquel otro, señor de Tizatlán.

Cuando los de Tlaxcala supieron que Cortés se había adentrado en su tierra, decidieron enviar embajadores para darle al Capitán la bienvenida.

Entre tanto, pues había gente apercibida, ordenaron que le saliera al camino el joven Xicoténcatl, para hacer experiencia de lo que eran aquellos a los que se llamaba dioses; de esta forma, si los vencía, Tlaxcala quedaría con perpetua gloria, y, si no, podría echar la culpa de la guerra a los otomí, como bárbaros y atrevidos.

Don Fernando descubrió la treta de los tlaxcalteca, pero no hizo ofensa del doblez, pues él mismo con unos y otros maneaba y luego, secretamente, a cada quien agradecía las advertencias respecto al otro y le daba crédito de mayor amistad. No creas, Martín, que mi Capitán holgaba de ello, sino antes bien así actuaba por necesidad; pues son hombres de verdad los que se someten a las cargas de sus épocas por contrarias o amargas que ellas sean, y Cortés con actuar de esa manera no hacía sino seguir las reglas que ya estaban impuestas.

En Tlaxcala, los senadores consultaban a sus hechiceros sobre qué camino tomar para vencer a los extraños. Los magos creían que los españoles eran dioses, por lo que no se los podría vencer, pero Xicoténcatl, que los había combatido en persona y había dado muerte a una yegua, insistía en que eran hombres, pues ¿no se alimentaban de maíz, perrillos y gallinas, en vez de sangre y corazones como sus ídolos? La clave para derrotarlos era seguir combatiéndolos.

El senado escuchaba perplejo la deliberación en torno al origen de los hombres de Castilla, hasta que por fin los sacerdotes llegaron a una conclusión: si no eran dioses, entonces resultaban seres invencibles por un secreto; ese secreto debía ser la fuerza que les daba el sol, por ser ellos de su linaje. Era preciso entonces atacarlos de noche, cuando, sin los favores de su padre, menguaría su resistencia.

Xicoténcatl recusó que fueran hijos del sol pero, como el buen militar que era, en cambio aceptó ir contra los españoles por la noche: al menos ningún guerrero indio peleaba jamás luego del crepúsculo.

Xicoténcatl ansiaba derrotar a Cortés. Juntó a los 10 mil guerreros más valientes que había y, confiando en tomar por sorpresa a don Fernando, se dirigió hacia el real.

Era una noche sin estrellas; tan alta y luminosa estaba la luna que los espías y corredores de Cortés pudieron ver las tropas enemigas cuando aún estaban lejos y muy a tiempo dieron la voz de alarma. Como era costumbre, los soldados españoles estaban calzados y con las armas vestidas, y los caballos ensillados y enfrenados, y todo el ejército a punto, por lo que, ni bien atacaron los tlaxcalteca, se encontraron con la feroz defensa de nuestros hombres.

Los guerreros indios sintieron pánico al descubrir tan bien apercibido al enemigo y emprendieron la huida hacia la planicie, donde fueron presa fácil de los de a caballo. En el llano iluminado, los jinetes parecían hechos de plata, seres a un tiempo espectrales y hermosos.

Después supimos que Xicoténcatl había reñido con otros capitanes del senado, y en medio del combate éstos retiraron sus tropas y su ayuda al joven capitán. Don Fernando dijo: "Omne regnum in se ipsum divisum desolabitur", y añadió que a la mañana siguiente se rendiría Tlaxcala.

Por órdenes del senado, fue Xicoténcatl mismo el que llegó hasta el real a entrevistarse con Cortés, rogándole se admitiera a los más grandes señores al servicio de su majestad el rey Carlos y de la amistad de don Fernando, y luego suplicó que les perdonara los yerros pasados, pues, al creerlos confederados de Motecuhzoma, habían probado en su contra todas sus fuerzas, así de día como de noche, sin lograr vencerlo, y por ello querían ahora hermanarse con él antes de que los destruyera. Dijo a mi Capitán que en ningún tiempo Tlaxcala había sido súbdita y que siempre se había defendido contra el gran poder de Motecuhzoma y de su padre y de su abuelo por tiempo inmemorial y por ello vivían así cercados por los mexicanos, sin sal, pues Motecuhzoma les prohibía tenerla, ni algodón, que no les vendía. Y todo ese sufrir por bueno lo tenían si era para no estar sujetos, pero con los hombres de Castilla ni sus fuerzas ni las mañas que habían probado les fueron de provecho, por lo que por primera vez aceptarían vasallaje, y muy leales y buenos súbditos de la corona real quedaron desde entonces. Xicoténcatl le suplicó a Cortés que fuera hasta la capital de la provincia, pues ahí querían honrarlo como a señor, pero don Fernando encontraba difícil confiar en sus nuevos aliados y creyó prudente esperar para ver si no rompían de nuevo sus promesas de paz.

Por esto, y porque en el real aparecieron los mensajeros de Motecuhzoma, de lo que te hablaré en la siguiente carta, pasaron siete días antes de que emprendiéramos nuevamente la marcha y, aun cuando alertados ante la posibilidad de un ataque sorpresivo, nos dirigimos hacia Tlaxcala, la ciudad de Tizatlacatzin, capitán venerado por su pueblo, otro de los tantos que habían muerto heroicamente defendiendo a su país contra las tropas del tirano Motecuhzoma.

Carta decimoquinta

En la que se narra la muy grande disputa que hubo entre los enviados de Tlaxcala y los nuevos embajadores mexica por la amistad de mi Capitán, al que los naturales de la Nueva España dieron en llamar Malinche, y de cómo fue que vino a tener tan singular nombre.

Siempre vacilante, el emperador de México de mala gana había aceptado enviar a sus hechiceros para tratar de frenar al ejército de don Fernando y, en aquellos caminos fríos y desolados entre las sierras nevadas, más de una vez los maleficios y los sortilegios que los brujos habían colocado en nuestro camino, algunos de muy grande daño, espantaron a los caballos y a los naturales que con nosotros marchaban; pero mi Capitán con la espada los desbarataba al tiempo que decía: "Dios es sobre natura"; y como la mejor prédica es el ejemplo, luego de él pasábamos todos muy confiados y sin temor ninguno.

Cuando supo Motecuhzoma que ni los poderes de sus sacerdotes podían nada contra los hombres de Castilla, envió al real a sus emisarios para tratar de impedir la peligrosa alianza de Cortés con el senado de Tlaxcala. Don Fernando se preguntaba entonces por qué Motecuhzoma no había terminado de vencer a estos adversarios que lo aborrecían; al poco tiempo, Motecuhzoma mismo se lo respondería: valientes y esforzados, los tlaxcalteca daban el mejor entrenamiento que imaginarse pudiera a los jóvenes soldados mexicanos, y además era una comodidad que estuvieran tan cerca, pues así las tropas podían foguearse de continuo en las artes de la guerra; a unos cuantos pasos de Tenochtitlan estaba ese fabuloso campo de batalla del que, además, se obtenía cada mes nuevas víctimas para la piedra de sacrificio.

Motecuhzoma mantenía vivo el odio de los tlaxcalteca por la conveniencia, ciegamente soberbia, de procurar fieros contrincantes a sus tropas.

Luego de tantas peleas, mi Capitán, que en todas se hallaba primero, sin pereza de los peligros que enfrentaba, había enfermado de calenturas, y tan decaído estaba que comenzamos a sentirnos preocupados. Yo no podía sanarlo por faltarme en estas tierras planta de yá para bajar la fiebre, pues solamente crecía en el Mayab; aunque nunca fui muy entendida en este arte, lo que sin duda también ha sido bueno, porque en la Nueva España, a fin de combatir herejías y costumbres idólatras, a menudo se persigue a los nanaualtin, es decir, brujos y nigromantes, y malo hubiera sido que doña Marina usara hierbas para sanar enfermos. Fueron tiempos peligrosos, Martín, los del nacimiento de la Nueva España; aún lo son, pues todos recelan de todos y todos se miran con envidia; pero dejemos esto, hijo mío, y volvamos a mi relato.

El mismo día que don Fernando había resuelto purgarse las calenturas con unas manzanillas que traía de la isla, aparecieron por el real los mensajeros de Motecuhzoma y, casi al mismo tiempo, el capitán Xicoténcatl, finamente ataviado con el blanco y el rojo de su insignia y acompañado de más de 50 principales de Tlaxcala.

A pesar de que mi Capitán no estaba en el mejor momento para entrevistas tan importantes, fue muy provechoso que se juntaran embajadores de los dos bandos, pues cada uno por su lado a Cortés le hablaba mal del otro y le rogaba que no compartiera con aquél su amistad, cual dos enamorados que disputándose estuvieran los favores de una misma dama; y tanto agradó a don Fernando la forma en que se le daban las cosas que, ya fuera por esto o por las manzanillas que tomara, para cuando se hizo de noche estaba de muy buen ánimo.

¿Cuántos meses habían pasado desde que Tabasco me entregó como parte del botín de guerra a tu padre? No lo recuerdo: mucho más difícil fue para mí aprender el calendario que la lengua de Castilla, y por los días en que entramos a Tlaxcala, Cortés apenas tenía necesidad de otro intérprete, pues yo traducía del español al náhuatl y de éste al español sin dificultades; mucho me complacía no hablar más el maya, lengua que me traía recuerdos tan desdichados.

Don Fernando pasaba muchas horas con sus capitanes, planificando las acciones que mejor convenían a nuestro ejército, y gustaba de tenerme a su lado de continuo. Los soldados pronto se acostumbraron a mi presencia, y no creo cometer inmodestia si digo que además de su confianza me honraban con su aprecio, pues con oír, como ellos, cada día, que nuestros enemigos nos habían de matar y comer de nuestras carnes untadas con molli, y habernos visto cercados, y pasar las noches entre los heridos y dolientes, nunca en mí vieron flaqueza; y la razón, Martín, es que encontraba fuerza en mi Capitán y en María, nuestra santa madre y señora, y hubiera sido un privilegio perecer en tan preciosa compañía, por lo que morir me tenía sin cuidado.

En fin, que los enviados de Motecuhzoma, cuando vieron que Tlaxcala había aceptado el vasallaje bajo la corona de España, rogaron a Cortés que no fuera a su pueblo ni se confiara de ellos, porque muy pobres eran y ni una tilma de algodón alcanzaban, de forma que, cuando vieran el oro y las joyas y las mantas que Motecuhzoma le enviaba, procurarían robarlo con mucha más razón y le quitarían la vida. Cortés a esto respondió que mucho agradecía el consejo y el presente que le enviaba Motecuhzoma, y que él vería de pagárselo en buenas obras, pero que miedo no tenía de los tlaxcalteca, pues si por el pensamiento les pasara de hacerles a él y a sus hombres lo que Motecuhzoma le avisaba, que mi Capitán lo vengaría matándolos a todos y destruyéndoles el pueblo; pero tenía certeza de que no eran villanos y se iría hasta Tlaxcala para poder informar de ello a su soberano. Pidió a los enviados de Motecuhzoma que aguardaran, pues le habían dicho que estaban al entrar al real los caciques de Tlaxcala para rogarle que fuera a su ciudad, y les sugirió que lo acompañaran si guardarlo querían de algún peligro, ofreciendo acomodarlos en sus aposentos personales para evitar que sufrieran deshonor.

Estando en esas pláticas con los enviados de Motecuhzoma, llegaron los principales de Tlaxcala, y fue el viejo Xicoténcatl, muy respetado gobernante, padre de aquel otro que tanto daño nos hiciera, el que primero se acercó a don Fernando. Con gran acato hizo reverencia y besó la tierra, luego de lo cual dijo:

> Malinche, Malinche: muchas veces te hemos enviado a rogar que nos perdonaras porque te salimos al paso de guerra con nuestros escuadrones, y ya te hemos dicho en nuestro descargo que fue por defendernos del malvado Motecuhzoma y sus grandes poderes, pues creíamos que eras de su bando y su confederado y, si supiéramos entonces lo que ahora sabemos, no sólo hubiéramos salido a recibirte con bastimento, sino antes habríamos barrido los caminos y hasta tus navíos habríamos ido a recibirlos; mas, pues ya nos has perdonado, a rogarte venimos que vengas luego a nuestra ciudad, y no hagas caso de lo que por ventura te habrán dicho esos mexicanos, ni les creas ni los oigas, que en todo son muy falsos, y debe ser por lo que te han referido que no has venido a Tlaxcala.

Cortés con alegre semblante respondió que los mexicanos estaban ahí sólo por aguardar respuesta para Motecuhzoma, y no era por ellos que no habíamos ido adonde se nos invitaba, sino por no tener quién cargara las lombardas; y dicho esto, Xicoténcatl y los otros sonrieron aliviados y dijeron que cómo no les había informado esto antes, y en menos de media hora ya estaban en el real 500 hombres tamemes.

Al ser yo intérprete de don Fernando, comenzaba los discursos de Cortés diciendo: "Mi señor"; en náhuatl expresado como "Malinali tzin". Tantas veces escucharon los naturales esa frase, que terminaron por referirse a Cortés como el Señor de Marina o Malinali, esto es, Malintzin, que a oídos de los hombres de Castilla sonaba como Malinche. Y de tanto repetir los naturales aquello de

Malinche, se fueron acostumbrando también los capitanes y soldados españoles a llamarlo así.

Recuerdo que Aguilar trató de enemistar a don Fernando conmigo, preguntándole con fingida inocencia si no le parecía inconveniente que le dijeran de esa forma, a lo que mi Capitán respondió que más lo enojaba que yo me refiriera a él como a señor, cuando era uno más entre nosotros, y que buena oportunidad le daba para suplicarles a todos que sólo lo llamaran por su nombre, pues no toleraría que se pretendiera elevarlo con títulos que no le correspondían; pero que en mí confiaba una de las misiones de mayor riesgo, que era la de hacerle entender a sus peligrosos adversarios los objetivos de su presencia en estas tierras, y que como mis servicios hasta ese momento habían sido de tanta ayuda, cuanto de mí proviniera sería digno de su crédito, y él no tenía dudas de mi lealtad ni de mi discernimiento.

A la mañana siguiente de que Cortés finalmente cediera a los ruegos de los principales de Tlaxcala, comenzamos la marcha hacia la capital de la provincia vencida.

Carta decimosexta

Triunfal entrada al pueblo de Tlaxcala, traición del emperador Motecuhzoma y escarmiento que don Fernando ordenó contra la sagrada ciudad de Chololan.

En cuanto pusimos nuestro fardaje en marcha hacia Tlaxcala, los caciques se apresuraron a tomar las providencias para preparar los aposentos que nos serían destinados y, cuando ya estábamos a un cuarto de legua de la ciudad, esos mismos caciques salieron a recibirnos, en compañía de sus hijas y otros principales. Había a lo largo del camino hasta Tlaxcala muchas personas ansiosas por conocer al ejército que había logrado vencer a Xicoténcatl el Mozo, y con gran asombro miraban los lebreles de mi Capitán y sus caballos. A los españoles admiró la vista de los sacerdotes, con sus blancas camisas hasta los tobillos, los largos cabellos enmarañados de sangre y las orejas penosamente mutiladas, de las que escurrían chorros bermellón. En la ciudad se apretaba la gente, de tanta como había en las calles y las azoteas para recibirnos, muy alegres y con primorosos ramos de flores para don Fernando y sus capitanes.

Con ser un pueblo al que habíamos sometido a una derrota, causaba un cierto espanto ver con qué amor nos recibía, y tanto así que, cuando llegamos a nuestros aposentos, el capitán a cargo de los velas y corredores dijo que le parecía que muy de paz estaba esta gente para que siguieran los soldados tan recatados y apercibidos; mas don Fernando era hombre precavido y pensaba que, si bien era verdad que al parecer no corríamos peligro, tan pocos éramos en tierras enemigas que mucho daño podría contra nosotros no estar siempre alerta.

Xicoténcatl el Viejo, aunque era ciego, conoció que Cortés no tenía confianza en ellos ni en las paces que se habían dado mutuamente, porque los españoles se velaban y seguían apercibidos de armas como cuando venían a encontrarse con sus escuadrones y esto, decía con tristeza, de seguro era por las maldades y traiciones que de ellos le habían dicho los mexicanos para ponerlo en su contra; pero, pues ya estaban allí los españoles, les darían cuanto quisieran, y morirían por ellos los tlaxcalteca, y, para que vieran más claramente cuánto deseaban contentarlos, ofrecían a sus princesas para que tuvieran generación con ellas; el propio Xicoténcatl quería para Malinche a su hermosa hija, que era doncella.

Mi Capitán respondió que en sus paces creía, y que todo cuanto le daba muy de su agrado era, pero que tenían por costumbre los españoles siempre estar apercibidos, lo que no debía tenérseles a mal, y que todos los ofrecimientos que Xicoténcatl le hacía, se los tenía en merced y se los pagaría andando el tiempo, pero que era menester que comprendiera que primero se debía hacer lo que manda Dios, pues no los podrían tener por familiares y hermanos sino luego que dejaren sus ídolos y sacrificios y vinieran a adorar y creer en un solo señor, que es Jesucristo, y que no había otro sino Él como verdadero y auténtico. Como ya estaba yo algo versada en estos temas, a fin de que Xicoténcatl y los principales que estaban ahí comprendieran un poco mejor la naturaleza de la fe en el Dios verdadero, largo rato les hablé de las cosas que tiene por santas la Iglesia católica y traduje lo mejor que pude en mexicano el credo del padrenuestro, que escucharon con grandísimo recogimiento; y aun cuando Xicoténcatl dijo que no podían renunciar a los ídolos de sus antepasados, a los que sus propias leyes exigían que fueran venerados, quisieron que se los bautizara y que se los fuera adoctrinando en la religión de los nuevos señores.

La provincia de Huexotzinco, vecina y aliada de Tlaxcala, pronto aceptó también vasallaje a la corona, y Motecuhzoma, cada vez más preocupado, hizo llegar a sus enviados un nuevo mensaje: Cortés debía ser trasladado a Chollollan, capital del Anáhuac consagrada a Quetzalcóatl, pues a ella había huido el dios en su marcha hacia el este. Los tlaxcalteca, que odiaban a los de esa ciudad casi tanto como a los de Tenochtitlan, de inmediato nos previnieron: Motecuhzoma había apostado ahí guarniciones enteras que ocultaban, en sus calles principales, trampas de estacas para mancar a los caballos y, en las azoteas, un armamento de flechas, hondas y piedras con que enfrentar a nuestro ejército. No debíamos, bajo ningún concepto, ir a Cholollan.

Mas Cortés pensó que era Cristo servido de que esta tierra se ganara y se rescatara a la gente de idolatrías y del poder del demonio, de tal manera que, guiado como por orden divina, dispuso que nos trasladáramos; mucho lo complacía que con ello nos acercábamos más a México-Tenochtitlan.

Cholollan tenía alrededor de 200 templos dedicados a adorar distintos dioses, que eran de maravillarse. Los naturales de esta provincia, muy confiados en la protección de su falsa divinidad, pensaban que nada podría contra ellos el ejército de mi Capitán. Cuando entramos a la ciudad, no vinieron los principales a recibir a Cortés ni a hacerle alabanza, y nos dieron tan escaso bastimento que apenas sirvió para apaciguar el hambre. Altaneros, nos miraban con sorna y se burlaban. Casi no había niños y mujeres, pues, como supimos luego, los habían sacado de ahí para ponerlos a resguardo; reinaba un silencio contra natura como presagio sombrío de lo que acontecería.

Cortés, como todos los demás, intuía el aliento guerrero en Chollolan, pero pensaba que acaso era posible detener un enfrentamiento que no le reportaría mayores beneficios y que, en cambio, podría disminuir las fuerzas recién recuperadas durante la larga estadía en Tlaxcala. Por ello, mandó decir a los principales que íbamos de paso y que en tres días saldríamos con rumbo a México, por lo que no debía alarmarlos nuestra presencia en sus tierras.

Una mujer noble que permanecía, con su marido, en la ciudad, al verme tan inseparable de don Fernando, debió pensar que yo era persona de importancia y que mi amistad le convendría, si era cierto el rumor que tenía por invencibles a los españoles, de manera que se acercó a mí para decirme que desde hacía tiempo andaba buscando para su hijo una novia pero que, pues no había moza en Chalollan que me igualara en belleza, quería llevarme con ella; segura estaba de que su hijo se prendaría de mí en cuanto me viera.

De inmediato me percaté del engaño, pero fingí que me halagaban sus zalamerías y agradeciéndole la propuesta de hacerme esposa de su hijo, le dije que me parecía apropiado que, antes de irme con ella, me viera tan principal persona, a lo que me respondió que, como era capitán, con su guarnición estaba, pues todos los guerreros se preparaban para dar muerte a los españoles por la mañana del siguiente día y que, por eso, me debía ir hasta su casa para escapar durante la noche si deseaba salir de allí con vida. Como pude disimulé la inquietud que me causó tan alarmante noticia y aparenté que estaba dispuesta a hacer cuanto la mujer me pedía, a fin de conocer al detalle los planes, ordenados desde México por Motecuhzoma, para acabar con el ejército de don Fernando. Cuando hubo terminado, le dije:

> Nantontli, madrecita, dame tiempo para juntar mis mantas y mis joyas y muchas piezas de oro que me pertenecen, pues han quedado con los de Castilla; entre tanto, disimula lo que hemos hablado, pues ves que ellos nos velan y no sería bueno que nos sintieran y conocieran nuestros planes; aguarda aquí a tu hija, que comenzaré a traer mi hacienda, porque no podré traerlo junto, sino por partes, y cuando lo haya reunido todo, luego nos iremos.

Me despedí con un agradecimiento sincero, pues aun cuando ella no lo sabía, me había dado la inmensa dicha de poder serle útil a mi Capitán, al descubrir la traición que contra él se preparaba y cuya prueba nuestra Madre verdadera había puesto en mis manos.

Fui rápido a poner al tanto de todo a don Fernando, que de inmediato hizo apresar a la mujer; con su testimonio y el de dos sacerdotes chololteca que lo confirmaron, Cortés llamó a sus capitanes, y se acordó prevenir antes de ser prevenido contra la guerra que los de esa provincia planeaban darles.

Muy temprano de mañana, mi Capitán solicitó que los señores principales de Chalollan vinieran hasta sus aposentos, pues despedirse de ellos quería, y que se reuniera a los hombres tamemes, que le fueron ofrecidos como parte del engaño, en la plaza principal. Y ni bien tuvo enfrente a los nobles, mandó que se les tuviera presos en aquellos aposentos mientras, por concierto previo con los de Cempoala y los de Tlaxcala, hacía encerrar en la plaza a los fingidos tamemes, que no eran sino guerreros, y tal castigo se les dio, al tomarlos por sorpresa, que en menos de dos horas murieron más de tres mil de ellos.

La batalla, Martín, duró cinco horas. Menos de dos demoraron los españoles en acabar con los guerreros y los principales que habían ordenado la celada, y tres más ocuparon procurando frenar la cólera desencadenada en sus aliados, que robaban y destruían las ricas casas y luego capturaban a los pocos que permanecían con vida en la ciudad que había prometido amparar Serpiente Emplumada.

Los nobles agonizaban empalados afuera de los aposentos en que don Fernando les echó en cara su bellaquería. Aquellos que buscaron refugio en los templos ardían en llamas, atrapados en las mezquitas de dioses sordos a sus súplicas.

En el centro de la plaza, montado en su caballo, Cortés había cesado de dar órdenes; la matanza seguía un caótico curso propio y no resultaba prudente intentar organizarlo. A su lado, de pie, el escribano real miraba con desconcierto el cartapacio en el que normalmente lograba encontrar refugio y que en ese momento, sin embargo, le incomodaba cruelmente en las manos. Había un padre al costado de don Fernando y otro al costado de doña Marina; pues fue mía la voz que dictó sentencia de muerte a los señores por la traición que contra los de España conjuraron, durante la batalla los guerreros de Chalollan varias veces trataron de alcanzarme, pero sus cuerpos desnudos se estrellaban contra las corazas de hierro y las espadas de un escudo de guardias que nos rodeaba, como un enorme animal impenetrable. ¡Ay, Martín!: cerraban nuestros soldados filas, como si fuera posible protegernos del ruido de los cuerpos que caen sobre la tierra;

"polvo eres..."

del espantoso golpe en seco de la ablación;

"y al polvo serás tornado..."

de la descarga involuntaria de orina y excremento uniéndose al interminable río de sangre; de los aullidos salvajes de los tlaxcalteca y su mirada ciega de venganza; de la cólera extendida tras siglos de odio como un manto de langostas; del miedo a romper filas para unirme desquiciada a la matanza, abrirle la garganta al enemigo y enterrarle luego las manos en el pecho donde aún late el pulso de su sangre, la suma de sus aborrecidas raíces, la memoria de cada instante feliz que ha sido suyo, y hundir la lengua en esa herida para beber ahí el olvido de todas las vergüenzas que me afrentan tras teñirme de bermejo la boca hasta el pescuezo: barba roja, barba de españoles.

Pero lo peor, Martín, es el silencio, cuando el aire se vuelve nauseabundo y uno empieza a darse cuenta de que se ha quedado inmóvil y, sin embargo, tiene la frente perlada de sudor y restos del fragor de la contienda en los vestidos, y comienzan los invictos a tocar con las espadas a los caídos para conocer si están rígidos y rematar a aquellos que siguen obstinadamente vivos, pues hay gente de la que se enamora la muerte pero hay otra de la que se enamora la vida, que se prende terca a los cuerpos casi inertes, y éstos son los que nos rondan la memoria, fantasmas que se levantan obstinadamente de su lecho mortecino con el espanto en los ojos de ser juguetes que pasan de mano a mano entre este mundo y el otro.

¿Bastan, acaso, los soldados, para ampararnos de la calma agónica que sigue a la batalla? ¿Quién, y cómo, con qué medios, puede ofrecernos protección?

Jehová es mi pastor; nada me faltará.
En lugares de delicados pastos me hará yacer;
junto a aguas de reposo me pastoreará.
Confortará mi alma; guiarame por sendas de justicia
por amor de su nombre.
Aunque ande en el valle de la sombra de la muerte,
no temeré mal alguno;
porque tú estarás conmigo: tu vara y tu cayado
me infundirán aliento.

En el centro de la plaza, don Fernando. A su lado, de pie, doña Marina. Un padre al costado de Fernando; otro, al costado de Marina. A lo lejos, alguien solloza. Un copioso oleaje purpúreo fluye hacia nosotros, por debajo de nuestra coraza de soldados. Lentamente, los padres se arrodillan. Mientras rezan por nuestras almas pecadoras, se les nublan de lágrimas los ojos.

Carta decimoséptima

Del primer encuentro del Capitán General de la Nueva España y el gran tlacochcalcatzintli Motecuhzoma II, sexto hijo de Axayácatl, sobrino de Ahuitzotl, noveno emperador mexica, rey y cabeza del mundo.

Lo más arduo de todo, el tiempo de vacilaciones, dudas y temores, había pasado. Durante días lo atormentaron visiones de su humillación pública, del escarnio al que lo sometería el pueblo para el que no pudo ser el soberano que esperaba; escuchaba reproches por su falta de valor, impensable en un descendiente de su estirpe; los oía, sí, estaba seguro de ello, los oía decirle: "¿Qué es lo que haces, señor? ¿No eres tú cabeza del mundo?"

Era tan grande la afrenta, que no comprendía la ambición de los extranjeros por arruinar al monarca de México-Tenochtitlan. Ante él temblaban todos, pues había logrado sojuzgar hasta los límites del cielo, y ahora procuraba esconderse en la cueva de Cincalco, casa de Huémac, por evitar la deshonra. ¿Qué dirían de eso sus enemigos? ¿Es que había de perecer México?

¡Maldita la vergüenza que tuviste, Motecuhzoma! En el fondo, con tu huida hacia Cincalco no hacías sino cumplir las funestas profecías del fin de tu reino. Al ver que un poder ajeno y superior decidía tu suerte, tuviste la pretensión de comprar el infierno y tres veces mandaste embajada, ofreciendo vasallaje al rey Huémac: "Díganle que seré su sirviente tlachpanani"; pero él ni siquiera quiso escucharte: ya no le interesabas a nadie. Estaba prometido que no evitarías lo que sobre ti habría de venir a suceder, eso quería el señor del aire, la mar, los ríos y los montes. El Dios que sustenta cielo y tierra dijo:

Debe saber Motecuhzoma que él mismo se buscó este escarmiento porque demasiada soberbia y crueldad inhumana se cometió contra sus prójimos en su nombre. Denle aviso de esto: que se vaya a su casa y que se cuide de importunar a Huémac, pues presto será, está prometido y debe cumplirse, no puede ser menos ni puede revocarse, ni es posible que no vea en vida lo que sucederá con tanta vergüenza y afrenta y deshonra.

Huémac no quiso escucharte; ya no le interesabas a Dios. Tuviste que regresar a México-Tenochtitlan y ocultar la cara durante cuatro días porque todavía más insoportable que huir es retroceder, y por eso no parabas de derramar lágrimas, porque te morías de vergüenza y de arrepentimiento, pero al cabo de esos cuatro días todo cesó: el miedo a la deshonra, el dolor, y sobrevino en tu ánimo un sosiego que no habías experimentado nunca, el calmo regocijo de la paz interior, un silencio profundo que te dio el descanso merecido, pues sufriste a lo largo de tu vida una turbulenta lucha en tu corazón, y ahora en cambio descubrías la reconciliación, a través de un castigo cruel y terrible, es cierto, pero que te daba la tranquilidad que no habías conocido antes y que te hizo entender cuánto necesitaba tu alma impertinente de un escarmiento corrector.

No cambiaste, no, porque para hacerlo es preciso llevarse un mundo por delante y eso a ti no te fue permitido; permaneciste el mismo, pero enfrentaste tu destino sin sentirte sofocado bajo el peso del griterío que te habitaba hasta entonces. Quizás si hubieras aprendido la humildad y el amor, habrías tenido una segunda oportunidad. No cambiaste; acaso nadie lo hace; pero Jesucristo te concedió al final la generosa dicha del consuelo y pudiste morir en paz contigo mismo.

La mañana en que don Fernando entró con su ejército a Tenochtitlan, ordenaste al mayordomo que trajera tus vestidos y luego recordaste el día de tu coronación, cuando sobre tu cabello trenzado con preciosa plumería de tlauhquechol, el ave de tu insignia, te pusieron, primero, la corona que se llama xiuhuitzolli y después el copilli, una vez trasquilado conforme a reyes, y te agujerearon la ternilla de la nariz para colocar el delgado canutillo de oro, de nombre acapitzactli, y luego te ciñeron un tecomate lleno de piciyetl como augurio de que nunca te fallarían las fuerzas, y adornaron tu real figura con orejeras y bezoleras de oro. Finalmente, cuando parecías un dios en tu asiento hecho de piel de tigre, te envolvieron en un xiuhtilmantli, la capa azul que solamente ciñe cuerpos de emperador, hecha de un algodón tan fino que se escurre entre las manos como si fuera un cachón de ola, aderezado con pequeñas joyas únicas, cada una más preciosa que la anterior, y entonces te zahumaron con copalli y el embriagante perfume de liquidámbar y te nombraron emperador de México-Tenochtitlan el rey Nezahuapilli de Texcoco y el rey Totoquihuaztli de Tlacopan en nombre de los 12 miembros del senado, diciéndote: "Ya amaneció, estábamos en la oscuridad y las tinieblas: ahora reluce el imperio como espejo con rayos".

Esto te dijeron de rodillas, con la vista dirigida al piso en que se posarían tus nobles pies reverenciados, pues estaba ordenado que nadie jamás osara mirarte a la cara, so pena de muerte, y tan grande emperador eras, tanto sobresaliste en mando y señoríos, fuiste rey tanto más temido que ninguno desde la fundación de Tenochtitlan, que nadie lo habría intentado nunca de no ser por aquel hijo de España, que no solamente alzó los ojos para estudiar tu semblante, sino que estuvo a un paso de echarte los brazos al cuello.

Se lo impidieron tu hermano Tezozomoc, señor de Iztlapalapan, y Cacamatzin, señor de Tetzcuco, hijo y sucesor de Nezahuapilli, que llevaban del brazo al emperador: a ti no se te ocurrió siquiera que fuera de tu séquito alguien osara tocarte, por lo que te quedaste quieto, casi diría inerte, cuando Cortés quiso abrazarte luego de colocar en tu cabeza real un pobre collar de piedras margaritas al que no echaste ni una ojeada, pues dabas por descontado que los obsequios destinados a ti eran soberbios aunque te producían siempre una suerte de vacío, un sentimiento de hondo fastidio.

Con todo, el gesto de Cortés, que te tomó por sorpresa, secretamente te causó gracia, una simpatía inesperada y fuera de lugar a la que, no obstante, cediste, y despertó en ti el aprecio con que mi Capitán había logrado desarmar a sus enemigos desde la lejana Cempoala hasta el ombligo del imperio mexica.

"¿Es que eres tú realmente? ¿Estoy por fin en presencia del gran Motecuhzoma?", preguntó, a través de Malintzin, don Fernando. Motecuhzoma le dijo: "Sí, yo soy".

El emperador entonces se acercó a él y se inclinó; luego, le habló de esta manera:

> Señor nuestro: te has fatigado, te has dado cansancio: ya a la tierra tú has llegado. Has arribado a tu ciudad: México. Aquí has venido a sentarte en tu solio, en tu trono. Oh, por tiempo breve te lo reservaron, te lo conservaron, los que ya se fueron, tus sustitutos.
>
> Los señores reyes. Oh, qué breve tiempo guardaron para ti, dominaron la ciudad de México. Bajo su espalda, bajo su abrigo estaba metido el pueblo. ¿Han de ver ellos y sabrán acaso de los que dejaron, de sus postreros? ¡Ojalá uno de ellos estuviera viendo; con asombro viera lo que yo ahora veo venir en mí!
>
> Ha cinco, ha 10 días yo estaba angustiado: tenía fija la mirada en la Región del Misterio. Y tú has venido entre nubes, entre nieblas. Como que esto era lo que nos habían dejado dicho los reyes, los que rigieron, los que gobernaron tu ciudad: que habrías de instalarte en tu asiento, en tu sitial, que habrías de venir acá... Pues ahora, se ha realizado: ya tú llegaste, con gran fatiga, con afán viniste. Llega a la tierra: ven y descansa; toma posesión de tus casas reales; da refrigerio a tu cuerpo.
>
> ¡Llegad a vuestra tierra, señores nuestros!

Yo traducía estas palabras y ponía en ello toda mi atención, pues el momento era de una gravedad imposible de ignorar, pero luego, en la apartada soledad de mis pensamientos, me venía a la memoria que apenas un par de meses atrás servía a un nuevo amo en la región del Mayab y que, incluso después de que tu padre me hubiera rescatado de la esclavitud, durante aquellos mismos días de los que Motecuhzoma hablaba, como miembro del ejército de don Fernando, andaba jugándome el pellejo con el frío y el hambre, los indios enemigos y el miedo a no pasar más adelante con vida, y en cambio ahora, mírate, Marina: el rey de México está en tus manos, él habla por ti, oye por ti, confía a ti sus más hondos temores: eres la persona más importante del mundo en este instante, el puente sin el cual estos dos mundos habrían continuado ignorándose.

En mi corazón con esperanza tuve por cierto que si Jesucristo había encontrado bueno guardarme antes, igualmente lo haría en adelante, mientras fuera servido con mi vida, y nada por tanto podría causarme daño. No sabía entonces, Martín, cuán peligrosos resultábamos Motecuhzoma, Cortés y yo misma, en tanto cada cual creía estar cumpliendo una misión divina, y, aunque de buena fe, el caso es que pecábamos, pues no es menor soberbia aquella que de la inocencia nace.

¡Ay, si hubiera merecido la piedad de Dios, para darme cuenta a tiempo de mi equívoco!; pero los caminos que tu madre debió recorrer no fueron nunca, hijo mío, a cordel, y estaba dispuesto que cometería aún muchos errores, como podrás ver con lo que voy a contarte más adelante.

Carta decimoctava

En la que se da cuenta de la toma de México-Tenochtitlan y los motivos por los que don Fernando hubo de ir a la Vera Cruz, ausencia durante la cual se ordenó la torpe matanza de la flor de la nobleza mexica que puso fin a la conquista pacífica de la Nueva España.

Motecuhzoma recibió a Cortés en Huitzillan, el sagrado lugar de los colibríes, donde hoy te escribo estas cartas que jamás sabré si llegaron a destino, pues me encuentro tan gravemente enferma que sólo le pido a Dios que me dé fuerzas para terminarlas. Desde la celda que generosamente me han cedido de este Hospital de la Concepción de Nuestra Señora que junto a tu padre hice construir para que en México nunca un pobre muriera desprovisto de la Extrema Unción, reconstruyo con creciente dificultad aquel otro edificio que levanté con mis manos: mi vida como doña Marina. Y quizás de nada sirva que como único legado te deje este testimonio, pero quiero que sepas, me urge tanto, que detrás de mis obras, por arrogante que parezca, hubo siempre un motivo, que no era sino erigir una nación de Dios en el reino de la Nueva España; mas dejemos esto, porque el tiempo apremia y he de seguir con mi relato.

Tanto nos dijeron los aliados de las comarcas vecinas que no habríamos de ingresar a México-Tenochtitlan sin grande riesgo de nuestra vida, y cómo estando en ella nos matarían y comerían nuestras carnes con ajíes, que no logro entender de dónde sacó Cortés la entereza que infundió a su ejército para desafiar todas las voces de advertencia y entrar a la gran ciudad el 8 de noviembre de 1519.

Lo escribo para ti, hijo mío, y vuelve a representarse delante de mis ojos cómo fuimos guardados por Dios en tal muestra de osadía, y el tan grande valor que tuvo tu padre, don Fernando, que al fin, luego de haberlo imaginado muchas veces, ahí estábamos, caminando triunfalmente por las calles de México. Igual que en Tlaxcala, las calles estaban colmadas de gente que desde las azoteas se asomaba para vernos; por doquiera, cientos de miles de ojos, en silencio, nos miraban con curiosidad y recelo. Todos los nobles del gobierno habían acudido a darnos la bienvenida con Motecuhzoma, por el gran temor que a este príncipe tenían, pero en muchos de esos rostros de amable máscara, sobre todo entre los más jóvenes, yo podía ver su disgusto. Sin embargo, era tal mi contento por esta bienaventurada conquista, que cerré el paso a uno de mis acostumbrados presagios de catástrofes, pues no deseaba que nada turbara ese momento.

Estuvimos, en paz, en México hasta el mes de mayo de 1520 y, aunque parezca mentira, Martín, el tiempo pasó volando. Don Fernando, que llevaba un registro en el que al detalle anotaba todo cuanto ocurría, a diario acudía a la corte para aprender el manejo del imperio, preparándose para el cambio de mando que había pactado con Motecuhzoma. El señor de México solicitó a mi Capitán que le permitiera ordenar el sometimiento de sus pueblos a la corona real de España, y así fue haciéndolo: pronto se sumaron otros reinos como la provincia de Tlahuican y Colhuacan y, en fin, casi todos de los que noticia había, pues aquellos que estaban enemistados con los mexicanos lo hacían para aliarse con los hombres de Castilla y los otros por órdenes de Motecuhzoma. Parecía como si por alguna misteriosa disposición *ab initio* los naturales de estas tierras hubieran conocido a Carlos I como su sacro rey y señor natural.

En ese estado de cosas, y habiendo recuperado mis menguadas fuerzas, encontré que me era preciso aprovechar el poco tiempo disponible para alcanzar un dominio absoluto de la lengua de España, pues, aun cuando de hecho mi Capitán se hacía acompañar por mí en todas sus empresas, algo de destreza me faltaba. Así, emprendí la tarea, llevada a cabo con el mayor de los sigilos, de escribir mi propia relación de la conquista de México, inspirada en la admiración que a todos nos causaba la gran Tenochtitlan y el deslumbrante refinamiento de ese pueblo, por más que eran idólatras y sacrificantes y pecadores de muy terribles faltas; pero nada podía opacar la altiva belleza, aun cuando herida ahora por la corona española, de esa ciudad magnífica. Fui, entonces, Martín, un conquistador anónimo, apenas otro soldado de don Fernando que narró su propia versión de un mundo que, como yo bien presentía, estaba destinado a desaparecer. Solamente la leyó Bernal Díaz, quien quiso dársela a alguno que prometiera llevarla a su patria, pues había encontrado en el manuscrito cierto interés y pensaba que podría ser publicado; así, la relación pasó a manos de un italiano que viajó a la isla Fernandina, y luego le perdimos el rastro; acaso aquel viejo marino la echó al mar o la habrá quemado para calentarse los huesos una noche de estrellas ya olvidada.

Por otro lado, encontraba tan fascinantes las bibliotecas de Motecuhzoma que apenas podía me escapaba a visitarlas; muchas veces me acompañaba Tecuichpo, pues compartíamos el gusto por el saber; mas incluso a la princesa la vencía el sueño antes de que a mí lograra fatigarme estudiar algunos libros de riquezas y tributos que consultaba para poder serle útil a mi Capitán, y otros de astronomía, la ciencia de mi padre. La hermosa Isabel me había tomado mucho afecto, y fue la primera persona a quien narré mi historia; ella me abrió las puertas de cada rincón de palacio, lo que, más tarde, nos salvaría la vida.

De mañana, acompañaba a tu padre a la corte donde don Fernando aprendía el oficio de gobernante, para el que mostraba una inclinación natural, como veía Motecuhzoma con satisfacción; al mediodía, mi Capitán almorzaba y se retiraba, pues, aun cuando dormía poco de noche, descansaba luego de comer, tiempo que yo aprovechaba para escribir y estudiar; por la tarde, en ocasiones visitábamos algún edificio de Tenochtitlan, o recorríamos el mercado y los jardines llenos de todas las bestias que había en el reino y, después, se reunía con sus capitanes para hablar o jugar a los naipes y yo podía escapar al observatorio, con uno de los doctos libros. ¡Cuánto lloré, Martín, y con qué amargura, cuando esos magníficos ejemplares ardieron en llamas durante la toma de México! Con mis propias manos logré salvar algunos pocos, que luego me fueron robados, perdiéndose, hijo mío, para siempre; entonces pensé que acaso estaba escrito que desapareciera la gloria del pasado mexica.

El tiempo bueno pronto se acaba y así, antes de que pudiera batir sus alas un colibrí huitzitzilin, llegaron a México nuevas muy preocupantes desde la Villa Rica de la Vera Cruz: el gobernador Diego Velázquez, furioso con el nombramiento de don Fernando como Capitán General, había enviado como su teniente a Pánfilo de Narváez para revocarlo y para levantar a las provincias en contra de Cortés. Escuché esas noticias como si llegaran desde un tiempo muy lejano, cuando en verdad es que había vivido tanto y tan intensamente que lo ocurrido, aunque reciente, había quedado sepultado bajo el peso de otros y más importantes hechos; comprendí entonces que distintos tiempos habitan en una misma persona y hay distintos tiempos que transcurren, afuera, en simultáneo. Sé que mi Capitán tuvo ese mismo pensamiento, porque lo apesadumbró, no sólo el problema que se le presentaba con la llegada de Narváez desde Cuba, sino, sobre todo, saber que si en la isla nadie tenía nociones de la importancia de sus movimientos en tierra conquistada, mucho menos las tendrían en el lejano reino de don Carlos. Y Cortés tenía su persona en México, pero su corazón latía en España.

Partimos, pues, con rumbo a la Villa Rica de la Vera Cruz, y aun cuando Alvarado, al que tu padre dejó a cargo, pidió que yo permaneciera con él para servirle de lengua, don Fernando se opuso, pues, además de intérprete, yo era su secretaria y faraute, y me precisaba a su lado; desde luego, yo estaba feliz de que Cortés hubiera dispuesto que no nos separáramos, pero no puedo negar que por otro lado mucho me preocupaba Alvarado, que, con ser un hombre esforzado y desenvuelto, carecía de verdadero poder. Yo sabía que la situación en Tenochtitlan era más volátil de lo que aparentaba. La desdichada mezcla de ambición y ligereza en la disposición de aquel capitán desencadenó una matanza torpe y sin sentido que puso punto final a la paz mexicana; pero eso, hijo mío, es harina de otro saco.

Carta decimonovena

Combate contra Pánfilo de Narváez, enviado del gobernador Diego Velázquez a la Nueva España para prender y matar a mi Capitán, y las varias victorias que de ello éste obtuvo; y del revés que sufrió luego con la matanza del Templo Mayor, acaecida en donde se encontraba aquel gigantesco edificio que está ahora por el suelo, como todo lo otro, que de ello queda nada, pues tan insensata acción hizo inevitable la guerra, con lo que se perdió la belleza del imperio otrora tan pacíficamente ganado.

Divago, Martín, sufro de fiebre y no logro concentrarme, mas debo seguir con mi relato, que es la historia de tu patria y tu propia historia, pero como lo que he de contarte es ruin, mucho desearía no referírtelo. ¡Estoy harta de la sangre!

Cuando salimos hacia la Villa Rica de la Vera Cruz dejamos México en paz y concierto bajo el mando de Pedro de Alvarado, al que los indios llamaban el Sol, Tonatiuh, por su tez pálida y sus amarillos cabellos; tenía Cortés el compromiso y la promesa de Motecuhzoma de guardar a los españoles que bajo su protección quedaban. Don Fernando suponía que podría granjearse la amistad de Pánfilo de Narváez ya que, aun cuando era enviado de Velázquez, lo conocía bien de antes y sabía cuáles eran sus flancos vulnerables. Además le interesaba tomar para sí la gigantesca flota con la que había arribado Narváez, con los caballos y los hombres; no menos importante resultaba aprovechar el viaje para asegurar desde México una vía de escape hacia la costa.

Narváez había trabajado a tres puntas su plan de ataque contra mi Capitán. Primero, logró comprar a ciertos soldados del ejército, los más soeces, que vieron en el enviado de Velázquez una oportunidad para vengar imaginarias injusticias de las que se pretendían víctimas; luego, pactó con Motecuhzoma la liberación de Tenochtitlan, pues en cuanto el tirano supo por sus mensajeros que había arribado esa nueva flota, envió secretamente a sus embajadores y obtuvo de Narváez la promesa de que, prendido Cortés, quedaría México libre de españoles; por último, a nuestros anteriores aliados de Cempoala y otras provincias les dijo que traía orden de arresto contra tu padre por malo y por traidor, lo que agitó los ánimos y mucho confundió a quienes hasta entonces tomaban a Fernando por un dios.

En suma, el enviado de Velázquez había plantado en la Tierra Nueva la peligrosa semilla de la cizaña y, con promesas falsas y mentiras, estuvo a punto de causar un terrible daño a la cesárea autoridad de su real majestad don Carlos. Cortés trató, como era su costumbre, de alcanzar un acuerdo con Narváez, pero resultó inútil; entonces, determinó jugar con la misma baraja, por así decir, y, en gran secreto, logró entrevistarse con los artilleros contrarios que, luego de hablar con él, accedieron a no atacarnos cuando se desatara el combate. Esto, que era de suma importancia, no lo reveló a sus soldados, pues, como era muy grande y cuerdo capitán, con callarlo logró que pelearan como los esforzados varones que eran, sin esperar otra ayuda que no fuera de Dios y, después de Él, de sus propios ánimos y, tras un intenso y efectivo ataque, en el que por cierto el enviado de Velázquez quedó tuerto, don Fernando logró prenderlo. Recuerdo que Narváez le dijo que debía tener en mucho esa victoria sobre él y en haber tomado presa a su persona, a lo que respondió mi señor que daba muchas gracias al Cielo, que se la había dado, y a los caballeros que tenía, por procurársela, pero que una de las menores cosas que en la Nueva España había hecho fue prenderle y desbaratarle, lo que, sin duda alguna, hijo mío, era grandísima verdad.

Luego de esto, la fuerza del ejército bajo el mando de tu padre se duplicó, no solamente porque los importantes bastimentos pagados por el gobernador de Cuba terminaron en manos de aquel contra quien iban dirigidos, sino porque la fama de Cortés y su renombre se extendieron más por toda la tierra; al reducir a Narváez, también logró triunfar sobre don Diego Velázquez, que jamás logró reponerse del acceso de rabia que le causó haberse empobrecido por su afán de venganza, lo que finalmente lo mataría, y sobre Motecuhzoma, a quien, una vez más, volvía a derrotarlo el destino.

Hechas las paces con Narváez, don Fernando decidió aprovechar la circunstancia que lo había llevado a la Vera Cruz y, además de reorganizar a sus hombres, se dispuso a enviar nuevas partidas para avanzar en el reconocimiento y la conquista de territorios aún no alcanzados. Pero en ese momento recibió mi Capitán una inquietante noticia: se había sublevado, en Tenochtitlan, el pueblo mexica; Alvarado y los demás soldados se encontraban sitiados y en grave peligro; al parecer, los indios habían nombrado un nuevo emperador. Fue imperioso suspender todos los planes y volver, a toda prisa, a México.

El ejército, bien pertrechado, inspiraba respeto y temor nada más verlo pasar con la mirada cargada de determinación y confianza; pero nadie imaginaba siquiera que traía a esta tierra un terrible instrumento de la ira divina: las viruelas, el cayado de Dios, un mal invisible que acabaría con los más bravos guerreros de la Nueva España sin que para ello fuera necesario desenvainar una espada o disparar un solo tiro de una pistola española.

En los alrededores de México, ya se podía apreciar cuánto había cambiado todo, pues nadie salió a recibirnos y, aunque el responsable de ello era Alvarado, Cortés nunca le echó en cara su torpeza, pues tu padre estimaba a sus hombres por el conjunto de sus acciones, y don Pedro era uno de sus más apreciados capitanes. Además, no valía la pena lamentarse por una situación que, tarde o temprano, se produciría: el alzamiento contra los invasores era cuestión de tiempo. Don Fernando escuchó atentamente a Alvarado su versión de la historia y luego, sin que éste supiera de ello, llamó a sus informantes indios para oír la otra campana: y si bien no cabía duda de que el español había dado orden de marchar contra el pueblo desarmado, también resultaba posible que la ceremonia en honor a Huitzilopochtli hubiera despertado el corazón indómito y la sed de sangre de los mexica.

La fiesta del tóxcatl, semejante a la Pascua de nuestro Señor Jesucristo, no hacía sino consagrar la resurrección del maíz con la llegada de la primavera. Los mexicanos llevaban en las manos cuerdas, pero eran inofensivas, pues estaban hechas de pelo de mazorca, para alejar a la temida sequía. Durante ese día se elaboraba con semillas la figura de Huitzilopochtli, a la que se ataviaba con finos adornos y vestidos alusivos al ídolo, para luego llevarlo en majestuosa procesión hasta la cumbre del templo. Al parecer, lo que desencadenó la primera trifulca fue la codicia de uno de los soldados apostados por Alvarado, pues golpeó al ídolo en la nariz, que parecía una flecha de oro incrustada de piedras finas, para quedarse con esa pieza del codiciado metal. La afrenta, que vio un hermano guardián de Huitzilopochtli, no podía quedar impune, y golpeó con su bastón sagrado al guarda, lo que le estaba permitido por las leyes de Tenochtitlan, pero Alvarado lo ignoraba o eligió ignorarlo, y cuando sus soldados cayeron sobre el indio la pelea se hizo general. Los españoles cortaron las manos de los tañidores de tambores y luego decapitaron a los cantores. Los mexica fueron presa del pánico, pues cuando quisieron defenderse encontraron que en las puertas estaban apostados partidarios de Tonatiuh que impedían que alguno saliera del Patio Sagrado con vida, y como no llevaban consigo armas de ninguna clase, la matanza ordenada por don Pedro resultó verdaderamente una fiesta para sus soldados.

Después supe que Tecatzin, jefe de la armería de Motecuhzoma, había prevenido al tlatoani acerca de la posibilidad de que se repitiera en México la matanza de Chollolan, pidiéndole que diera su permiso para que secretamente guardara armas, pero Motecuhzoma había tenido miedo de ofender a sus huéspedes y protegidos, por lo que se negó a dar su venia.

Cuando todo terminó, comenzaron a llegar a la gran plaza las madres y las abuelas y se encontraron con un espectáculo sobrecogedor: el suelo estaba cubierto de un siniestro barro hecho de sangre y restos humanos. En un inicio se mantuvieron en silencio, pues ellas habían visto salir de su casa a unos mancebos fuertes y engalanados, y ahora se pretendía que reconocieran a sus hijos entre esos desechos informes y los exangües cuerpos sin vida. Al comprender que los gallardos mozos no volverían nunca más y que cuanto de éstos quedaba era ese nauseabundo lodazal, se abrazaron a ellos, les limpiaron los rostros buscándoles los ojos para mirarlos por vez última, y entonces comenzaron a dar voces de auxilio, como si todavía fuera posible socorrerlos. Rompía el corazón verlas ayudarse a llevar los restos de sus hijos para lavarlos y amortajarlos, y luego transportarlos a la Casa de los Jóvenes, donde, de acuerdo a costumbre, serían incinerados.

Antes de que se pusiera el sol, Motecuhzoma había perdido el respeto de su pueblo, que por primera vez desde la fundación de Tenochtitlan decidió deponer a un gobernante mexicano en vida.

Carta vigésima

Breve explicación de don Fernando Cortés, marqués del Valle, Capitán General de la Nueva España y del Mar del Sur, hijo de don Martín Cortés de Monroy y Catalina Pizarro Altamirano, padre de don Martín Cortés y Tenepoalti, señor y esposo de Malinali, mi alma gemela, notonalecapo, mi amigo entrañable, queridísimo.

¿Te contará, Martín, tu padre, acerca de aquella vez que estuvo luchando contra el embate de las olas durante casi cinco horas, en un naufragio padecido en Baracoa? ¿Sabrás por su boca que a partir de entonces jamás volvió a temerle a la muerte, porque quedaron cara a cara y don Fernando logró ganarle la pulsada?

Ese día andaba metido en sus pensamientos, muy preocupado y molesto, pues, aunque recién casado con Catalina Xuárez, comenzaba ésta a padecer de los nervios, y nunca ya se levantaba del estrado donde recibía a otras señoras para pasarse la velada murmurando. Sin ser mujer industriosa ni diligente para entender de su hacienda y granjearla y multiplicarla en casa o fuera, antes vivía siempre delicada y enferma. Don Fernando casó con ella, por más que pobre era, ni vestidos tenía ni aportó dote, obligado por el gobernador Velázquez. Si bien le pareció pura, bonita y complaciente, muy pronto fue despojada de sus virtudes y lo único que quedaba era una retahíla de insoportables exigencias y continuados reproches que comenzaban a colmarle la paciencia. Antes de que Catalina llegara a Nueva España, tu padre me contaba, riendo, de aquellos días en Cuba, que a su casa entraba Cortés pero salía Fernando, queriendo decir que iba a verla de gentil ánimo y cuando la encontraba así postrada salía por piernas a buscar aventuras, haciendo honor a lo que significa su nombre.

Iba mi Capitán rumbo al Puerto Escondido para entender cosas de su hacienda cuando lo sorprendió un temporal que estaba arreciando, y por más que intentaba remar para alcanzar la costa, no se atrevía a mudar de rumbo por temor de que la marea partiera su embarcación; pero las olas crecían y se acercaba la noche, de manera que se quitó la ropa, pues se le ocurrió que la única posibilidad de seguir con vida sería volcar la barca y aferrarse a ella; por más que era buen nadador, la fuerza inagotable del mar embravecido a cualquiera vencía. Los remos pronto resultaron inútiles y, como había anticipado, hubo de dar vuelta a la canoa y luego guardó cuanto pudo sus fuerzas para nadar a la costa si tenía la suerte de que lo acercara a ella la marea.

Mas una cosa es pensar las soluciones y otra, muy distinta, que puedan llevarse a cabo. Casi desnudo, sujeto a la barca con dedos tiesos por el frío, y tratando de mantenerse ocupado, repasaba la gramática que había aprendido en Salamanca y luego recitaba los romances de los que se acordaba. Inmerso en el mar que, al poco rato, lo había helado, comenzó a tener la sensación insoportable de que el agua intentaba penetrar la delgada película de piel para alcanzar la carne y desmembrarlo. No lograba apartar el pensamiento de su cuerpo cediendo a la presión del agua, estallando sin ruido en miles de pedazos dispersos como un inesperado festín para las bestias marinas: una muerte oscura y anodina.

Fue entonces cuando, exhausto y desfallecido, tuvo una visión, una suerte de sueño a ojos abiertos: en medio de la tempestad, en un claro del que salía una luz celestial, aparecía la Virgen, que lo tomaba de la mano y, como flotando en el aire, lo conducía a una tierra extraña, señalándole el camino hacia un majestuoso reino, y ahí, entre seres ricamente ataviados, lo llenaban de regios presentes y lo colmaban, en una lengua desconocida, de los más altos honores:

> Mira, Fernando: éste es el camino que te espera, donde harás el mayor de los servicios que hombre alguno al Hijo de Dios hizo;

pero primero probarás que eres digno. Si sabes aguardar, yo digo que tendrás todo esto y aún más.

Sin saber cómo, se vio de nuevo en medio de la tormenta que volvió a arreciar, y tuvo que duplicar esfuerzos por mantenerse a flote. Luchó contra las olas y contra su agotamiento; luchó contra su desesperanza; luchó, sobre todo, contra la tentación de dejarse morir. Daba voces de auxilio y lo escucharon dos indios que encendieron un fuego para guiarlo a través de la noche a tierra firme. Cuando ya no podía más, se soltó de la barca que fue a estrellarse contra unas rocas y nadó con menguadas fuerzas: ése fue el momento más difícil, pues se hundió varias veces y el agua le llenó los pulmones, pero logró alcanzar la costa.

Nació tu padre en Medellín, la Metelium Caecilia del imperio romano, que pasó por ella sin dejar rastro; el único edificio señorial, su castillo y fortaleza, había quedado en ruinas tiempo atrás. Cuando viajó a la universidad, gracias a las privaciones y al noble esfuerzo de su padre, don Martín, y a la austera frugalidad de su señora madre, Catalina, odió Salamanca, donde lo único que importa son las reglas y no hay nada que Fernando más desprecie, y, siendo un mozo de luces, fue un pésimo estudiante que puso empeño sólo en enamorar a su tía y mentora, doña Inés de la Paz, y por granjearse sus favores aprendió latín y algo de leyes hasta que unas cuartanas lo enviaron de regreso a casa, para disgusto de tu abuelo. Y ahí, pues hijo era de pobre hidalgo y muy amigo de armas, aquél decidió enviarlo a las Indias con su pariente Nicolás de Ovando, nuevo gobernador de La Española, desde donde luego zarpó con rumbo a Cuba y, más tarde, logró que Velázquez le encargara llegarse hasta la Nueva Tierra para poblarla.

Cuando viniste al mundo, Martín, Cortés ya era un hombre versado en experiencia, y jamás nadie fue más feliz ni se sintió más complacido con el alumbramiento de su primer hijo varón; te levantó entre sus manos y te encomendó al apóstol san Pedro, su abogado y protector. Luego volvió a ponerte en mis brazos y se tendió a tu lado, sin hacer otra cosa que mirarte dormir toda la noche. Le escurrían las lágrimas por la cara, Martín, y yo sabía que lloraba porque la alegría no le cabía en el corazón.

Acordamos que se haría cargo de tu crianza y no vacilé en cederte a él porque, por más que tanto me pesó renunciar a verte crecer, ésa era la única forma de ponerte a buen resguardo de la red de intrigas que comenzaba a cerrarse peligrosamente a nuestro alrededor. Ya ves, Martín, hijo querido, que al confiarte a su cuidado actué movida solamente por el beneficio que dicho acuerdo entrañaba para ti, lo que me llevó a preguntarme si no era hora de encontrar el perdón para mi madre, a quien por una decisión similar desterré de mi afecto. Acaso ella, al separarme de su lado, no había obedecido otro motivo que darme la debida protección, pues a nadie escapa el riesgo que puede haber en criar los hijos propios con un extraño.

Estuviste conmigo del 22 de octubre de 1522, fecha de tu nacimiento, hasta el 12 de octubre de 1524, menos de dos años que no cambiaría por el perdido tesoro de Axayácatl o el luminoso recuerdo de mi padre; pero Cortés procuró que crecieras entre iguales con una educación cristiana, y de esta manera, además, evité a Juan Jaramillo el dolor que le hubiera causado tu presencia, no porque fueras el fruto de mi amor con otro hombre, sino porque a nadie en mi vida, ni siquiera a don Fernando, jamás quise como a ti, mi corazón.

Y fue mucho lo que aprecié a mi señor, en especial durante ese breve periodo que comenzó con aquel segundo viaje a la Villa Rica de la Vera Cruz hasta unos días después de tu nacimiento, cuando Catalina Xuárez verdaderamente murió en México; pero es menester que te explique lo de su fallecimiento.

Desde que arribó a la Nueva España, Cortés había logrado vencer a todos sus enemigos, y parecía encontrarse al fin en la tierra prometida por la Virgen durante aquel naufragio en Cuba. La llegada de Narváez puso en vilo las conquistas logradas con grandísimo esfuerzo y, acaso por ello, en su contento por haber vencido también a la flota española, mi Capitán no pudo luego sino dispensar a ese ejército tantas consideraciones que sus hombres, molestos, lo compararon con Alejandro Macedónico, pues antes honraba a los que vencía que a sus capitanes y soldados, que le habían dado el triunfo. A estas reclamaciones, don Fernando respondió que así evitaba que se alzaran en su contra, pues eran muchos y bien aparejados, y dijo que necesidad no tenía ninguna de hombres tan quejosos, pues en Castilla las mujeres paren y seguirán pariendo soldados, lo que logró acallarlos; mas la verdad es que en su ánimo generoso no sólo estaba la alegría del vencedor, sino la noticia que los de Narváez trajeron, pues habían dado por muerta a Catalina, luego de un terrible desmayo.

Mi Capitán no hacía sino cosechar laureles y su ejército creía que era pues estaba ungido de la gracia de Dios; así lo aseguraba Bartolomé de Olmedo, varón apostólico y capellán de don Fernando, en quien éste decidió confiar los asuntos espirituales de la expedición. Fue fray Bartolomé el que planeó cómo se debía evangelizar a estos pueblos de falsos dioses y costumbres bárbaras y fue él quien, por considerarlo útil para la conquista espiritual de la Nueva España, convenció a Cortés, en esos momentos en que nuestros ánimos estaban exaltados, de la conveniencia que habría en unir, mediante el vínculo sagrado del matrimonio, al conquistador y al conquistado, pues una alianza así, de naturalezas tan opuestas, resultaría ejemplar para todas las uniones venideras en el nuevo reino de España. El buen padre me exigió entonces un voto de silencio que no he roto sino hasta hoy, Martín, para que sepas que tu padre y yo nos casamos el 27 de mayo de 1521 en Cempoala, en ceremonia harto secreta, pues, entre otras cosas, don Fernando no deseaba que Motecuhzoma tomara a mal que se hubiera llevado a cabo decisión tan importante sin consultarlo.

Recuerdo que, unas horas antes, Cortés hizo venir hasta Cempoala a los maestres y pilotos que Narváez tenía en puerto; había que ver a los bravucones de ayer arrodillarse para besarle las manos, mientras él, muy grave y amoroso, les tomaba juramento de que no saldrían de su mandado y que lo obedecerían en todo; mas entre todos sus siervos, tanto bárbaros como cristianos, no había ninguno más leal y fiel que doña Marina.

Lejos estaba yo de comprender que, para Fernando, su lengua y secretaria, su ayudante y confidente, no era mucho más que un trofeo: la mujer que el gran Motecuhzoma mismo elogiaba continuamente, dispensándole un trato de gran señora, pues ¿no era cierto que provenía de cuna noble?, y que había conquistado el respeto de todos los capitanes y soldados de Castilla, Cuba, Cempoala, México y Tlaxcala, le correspondía, de manera exclusiva, como un derecho y como un privilegio. Con todos sus grados y sus honores, mi Capitán era, a fin de cuentas, un hombre y, como creía que también otros lo hacían, codiciaba en mí cualidades que no eran sino el resultado de su propia mirada, pues si alguna vez fui hermosa, fue sólo porque me hacía hermosa su deseo y su celo apasionado: y a la luz de su valentía y de su coraje mi piel adquiría la tersura luminosa del cobre y en mis ojos ardían dos antorchas. Como la joven muchacha que era, confundí con respeto la inclinación de tu padre hacia mi persona, y me sentí tan afortunada que todavía hoy me resulta imposible traer a mi memoria la sencilla ceremonia casi anónima y la pobreza de las prendas que vestí en una ocasión que en mi ánimo resultaba inversamente tan espléndida, sin derramar estas torpes lágrimas.

Un misterioso azar quiso que el valiente don Fernando y su lengua india se casaran aquella misma noche de victoria. Si fue nuestra unión sólo fruto del deseo, de la codicia o del razonamiento, en nombre de Dios, ¿cómo saberlo?

Acaso te sea imposible, Martín, comprender hasta qué punto tu madre fue dichosa durante su casamiento; mas, tan presto la fortuna vuelve su rueda, hijo mío, que a los buenos tiempos pronto siguen las tristezas, y antes incluso de que pudiéramos consumar nuestra alianza, llegaron al real noticias del alzamiento de México, con lo que debimos organizar nuestro inmediato regreso.

Carta vigesimoprimera

En la que se narra la entrada del ejército español a la capital mexicana tras el destronamiento de Motecuhzoma Xocoyotzin, así como la salida de Tenochtitlan y la llamada Noche Triste, y la guerra que nos dieron con gravísimo peligro de nuestras vidas.

Cien combates libramos desde aquella terrible fecha en que salimos de Tlatelolco hasta la toma final de Tenochtitlan, y a cada uno de ellos asistí como si se tratara del postrero, no tanto por temor a morir, sino porque me era imposible comprender la resistencia terca y, hay que decirlo, a menudo heroica de los naturales de la Nueva España a la autoridad del rey Carlos I: ¿por qué no abrazaban los mexicanos la palabra de Cristo y sus apoderados? Acaso, como decía Aguilar, los demonios de los indios, que los obligaban a cometer abominables crímenes como la sodomía y el sacrificio humano, les tenían las almas brunas de pecado; pero aun cuando, ya entonces, tenía suficientes testimonios de la maldad irredenta de los hombres, nunca pude, Martín, abandonar la creencia de que, frente al bien verdadero, siempre se elige lo correcto. Acaso fui crédula; yo prefiero pensar que era una cristiana auténtica, y a cuantos me han acusado de equivocarme les he dicho que de buen grado volvería a hacerlo, pues con ello obedecí las escrituras sagradas, y mi fe todavía no ha conocido límites, aunque a menudo se haya puesto a prueba en los sucios terrenos de lo humano.

Como te he referido, luego de oír las nuevas acerca de la sublevación en México-Tenochtitlan viajamos hacia allá con la más grande premura que puedas imaginar, ya que las noticias, aun cuando parciales y confusas, no ocultaban la gravedad de la situación para los españoles que habían quedado en México, bajo tutela y protección de Motecuhzoma; sin embargo, no imaginábamos la magnitud de la rebelión y, en el camino, don Fernando contaba a los capitanes recién incorporados a su ejército cuán grande acato tenía él en ese imperio, donde mandaba absolutamente, así al gran Motecuhzoma como a todos sus súbditos y guerreros, y los precavía a andar preparados, pues en los pueblos y caminos saldrían a recibirlo con alboroto y fasto y ricos presentes de oro.

Mas ¡cuán distinta lucía ahora la soberana capital culhúa y con qué frialdad y silencio entramos por el rumbo de Tezcoco! Semejaba un pueblo fantasma, deshabitado y desprovisto de alimentos. Mi señor lamentaba haber hecho alarde de cosas que tan contrarias parecían, y cuando se hicieron presentes los embajadores de Motecuhzoma para rogarle que fuera a verlo, pues preciso era que hablaran, les respondió furioso: "¡Y qué tengo yo que escucharle decir a ese perro, que no viene a recibirnos y ni siquiera ordena que nos sirvan alimento!"

Los propios hombres de Cortés, temerosos de lo que podría acarrear tan feroz actitud, le rogaron que templara su ira, pues a toda costa deseaban evitar la guerra con los mexica.

Con la prudencia que mi Capitán me permitía, evité traducir sus palabras exactas, pero los enviados, que ya comprendían algo de castellano, captaron claramente su significado y pude ver en sus rostros súbitamente sombríos que pronto nos veríamos enfrentados a serias dificultades. Sin embargo, y aun cuando sabía que estaba en mis manos reparar la grave ofensa y sanar la herida con un discurso bien aderezado, como había hecho en otras ocasiones, era tanta mi cercanía con tu padre, a tal grado compartía sus sentimientos, que no hice esfuerzo alguno por sosegarlos: antes me entregué al cínico abandono del desprecio, ese agridulce bienestar que a uno lo invade cuando comprende perfectamente las consecuencias que tendrá su acción y, no obstante, se regodea esperando que lleguen, sin arrepentirse de haberlas provocado y sin temerlas.

Era una lástima que se hubiera perdido el terreno ganado de tan pacífica manera, pero lo cierto es que, harto de la debilidad y del doblez de Motecuhzoma, don Fernando ansiaba darle un escarmiento, pues estaba furioso por sus secretas negociaciones con Narváez; además, se encontraba enardecido por su reciente victoria sobre éste y pensaba que tenía una excelente oportunidad de asegurar, con un triunfo por las armas, la conquista definitiva de la poderosa capital del imperio.

Fue debido a su respuesta o porque ya estaba decidido de antemano, pero al poco de que se marcharon los mensajeros apareció, mal herido, uno de nuestros soldados al que habían atacado en Tlacopan y nos dijo que estaban los caminos llenos de gente de guerra con todo género de armas, y entonces comprendimos que había llegado la hora de enfrentarnos con los más poderosos y valientes guerreros de la Nueva España.

Ni Motecuhzoma era ya capaz de cambiar las cosas. Cuando, luego de la tragedia del tóxcatl, pidió que se perdonara a los invasores, había sido llamado a gritos mujer de Cortés, bujarrón y cobarde por su sobrino Cuauhtémoc, que interrumpió su discurso público, lo que era una falta de respeto más seria incluso que las injurias, y esa misma tarde el consejo de sabios decidió coronar a Cuitlahuatzin nuevo rey de los mexica, pues todos estaban hartos de que se tolerara la presencia y los desmanes de los españoles.

No obstante, cuando alcanzamos México, el respeto que imponía aún la figura del depuesto rey nos franqueó la entrada al palacio donde Alvarado había logrado refugiarse, tomando a aquél como rehén; con la esperanza de lograr un salvoconducto que nos permitiera salir de ahí con bien, Cortés lo obligó a enfrentar nuevamente a su pueblo: éste esperaba que Motecuhzoma diera entonces la voz de ataque, digna orden del temido jerarca que había sabido ser. En cambio, lo escucharon decir que quería huir con nosotros de Tenochtitlan, y pedía clemencia para nosotros y para él. Obtuvo por respuesta tal furiosa lluvia de piedras que una lo alcanzó en pleno cráneo, y fue tan delicada herida que de ella murió a los pocos días, sin haber sido bautizado por el padre Olmedo, pues éste creía que más importante era convencer primero al emperador de la conveniencia de la fe católica y por ello había postergado darle el sacramento, pero ni agonizando había aceptado convertirse al cristianismo Motecuhzoma: era tanto lo que había sufrido que ya nada le importaba, ni siquiera recuperar el respeto que Cortés, genuinamente, le había profesado. Mi Capitán era capaz de pasar por alto muchas cosas, salvo una traición, y menos de aquellos en quienes había confiado: podía ser clemente con los extraños, pero a sus amigos cercanos los juzgaba con inflexible rigor, y a Xocoyotzin no logró perdonarlo. Éste murió sin abdicar de sus demonios y con ellos, estoy segura, debe haberse reunido en el infierno.

Con todo lo que odié al responsable de la muerte de mi padre, causa, aunque indirecta, de mi esclavitud en el Mayab, y, sobre todo, vejador de los naturales de la Nueva España, la venganza final no me fue grata; incluso me descubrí apenada, porque triste cosa era ver cómo acabó con tal desastre aquel poderosísimo rey, que en este mundo no hubo, antes o después, quien se le igualara en majestad, y luego de haber tenido la mayor grandeza y opulencia y de dominar en semejante modo, le había tocado en suerte presenciar la ruina de México y fallecía sin saber que de toda esa muerte y destrucción, como la mariposa de la ninfa, surgiría el gobierno cristiano en la Nueva Tierra, la imposición en el valle del Anáhuac de la ley del verdadero Dios, limpia y clara sin ningún género de duda, fuera de tanta barbarie y crueldades abominables. Y aun cuando Motecuhzoma pecó de indeciso y débil, tuvo en su descargo que cada uno de sus actos, incluso si errado, tenía como fin vedar que el gran pueblo mexicano fuera aniquilado, pues ¿qué podrían los torsos desnudos, las piedras y las lanzas, contra el cañón, la ballesta y la espada?

Te diré una cosa, Martín: el sucesor Cuitláhuac tampoco comprendió que habría logrado sobre nosotros una aplastante victoria de haber continuado combatiéndonos en vez de permitir que nos recuperáramos en Tlaxcala, tan sólo porque la gran cantidad de hombres que poseían los escuadrones de los mexitin era muy superior a nuestras enflaquecidas y desalentadas fuerzas; por más que las lombardas derribaban decenas de guerreros con cada tiro, de inmediato volvían a cerrarse las filas enemigas cual si no hubieran sufrido daño alguno, y un ataque perseverante le habría dado un triunfo seguro, aunque marcháramos bajo el ala de la inspirada intuición estratégica de tu padre, que en la campaña que le procuró la conquista de México parecía obra de un poder superior. Su miedo a los presagios y su impostura, así como el arrojo de don Fernando, impidieron a Motecuhzoma frenarnos el paso, pero ¿por qué no persiguió a sus enemigos Cuitláhuac hasta exterminarlos?

Yo pienso, Martín, que lo cegó la mano de Dios: quizás porque creía que mi Capitán no se atrevería a volver sobre los mexica, o puesto que las viruelas que llevó a México nuestro ejército habían comenzado a nublar su entendimiento.

¿Y acaso no era cierto que la temible peste que cayó como un violento aguacero de agosto en Tenochtitlan, era consecuencia de la ira divina, un castigo a la soberbia culhúa, y por ello una sus primeras víctimas mortales fue precisamente su nuevo gobernante, aquel en el que habían depositado sus mayores esperanzas de vencer a don Fernando? Cuitlahuatzin no tuvo tiempo ni de ver limpias de sangre y cuerpos las acequias que durante siglos habían protegido a su adorada ciudad de México. Pero en fin; a quién pueden importarle los devaneos de mi relato.

Luego de la muerte de Motecuhzoma, resistimos varios días el incesante asedio de una lluvia de flechas y de piedras, atrincherados en el palacio de Axayácatl, pero era tan feroz la embestida que sabíamos que la única oportunidad que teníamos de seguir con vida era evadiéndonos. Cortés, entonces, planeó con otros capitanes nuestra salida de palacio con rumbo a Tlacopan, para alcanzar la tierra firme por la calzada más corta. Como los mexica habían destruido los puentes, Cortés ordenó que se construyera uno, hecho de fuertes maderos, bajo el cual irían a cubierto los mejores ballesteros; lideraría la vanguardia Gonzalo de Sandoval; en seguida, un poco más atrás, protegidos por tu padre y los hombres de Tlaxcala, algunos nobles mexicanos y tu madre, doña Marina; cuidarían la retaguardia Pedro de Alvarado y Juan Velázquez. Sandoval debía colocar el puente sobre la acequia para que lográramos cruzar a tierra firme y luego viajaríamos hasta Tlaxcala, para obtener protección.

Partimos a la medianoche del 30 de junio con tan grande silencio que incluso las bestias se guardaban de hacer ruido, como si comprendieran el peligro que corríamos, pero una anciana que se había olvidado de recoger agua la tarde anterior salió de su casa a esa desafortunada hora en que, si bien un tercio del ejército ya se encontraba al otro lado del puente, aún restaban muchos por cruzar, y fue así que nos descubrieron, pues la anciana de inmediato dio la voz de alarma, y en menos que trina un pájaro tuvimos a los guerreros indios encima.

Con el estruendo de dos olas gigantes que hubieran roto al unísono a cada lado de nuestro paso a tierra firme, surgieron enemigos desde cada rincón, y eran tantos, Martín, y tan bravos, y tan recio gritaban, que parecía que el mundo se acababa. Cuando nos cerraron la salida, perdí de vista a don Fernando y sentí que se me helaba el corazón, pero no tuve tiempo de abandonarme al desasosiego ya que los guerreros tlaxcalteca, que tenían orden de cuidarnos con su vida, me arrastraron con ellos en la dirección opuesta, en un desesperado esfuerzo por escapar a la refriega. Jamás lograré olvidar, Martín, aquella noche de lluvia y de neblina en la que hubo tal matanza de hombres; por mi parte, hubiera preferido la muerte a sobrevivir a mi esposo y Capitán, mas seguí adelante porque me obligué a pensar que Dios era servido de guardarlo, por imposible que pareciera salir con vida de esto, y así me entregué con el alma a la porfiada esperanza de volver a verlo. Pronto descubrimos que todos los demás puentes a tierra firme también estaban rotos y que muy estrechamente se los vigilaba, salvo por aquel conducto que llevaba agua dulce desde Chapultepec hasta México, y fue por ventura que éste se hubiera mantenido intacto, pues nos sirvió para llegar al bosque, a cobijo del cual logramos avanzar hasta Tlacopan.

¡Cuánto recé por el bienestar de tu padre, Martín, y qué grande desprecio sentí por mi vida si debía vivirla huérfana de su compañía!

Tan honda era mi inquietud que le pedí a la Virgen negarme cualquier dicha que estuviera dispuesta para mí más adelante a cambio de que salvara a don Fernando, de manera idéntica en que, unos años atrás, recé a mis dioses por la vida de tu abuelo; esta vez mi súplica sería atendida.

Caminamos buena parte de la noche hasta que, heridos y cubiertos de barro, con los vestidos en jirones y el corazón destrozado, finalmente alcanzamos Tlacopan, y de haber estado ahí nuestros enemigos, habríamos sido de ellos presa fácil, pues de fatiga las armas se nos caían de las manos, pero estaba dispuesto por la Providencia que los guerreros se encontraran lejos de la plaza donde hicimos un alto, ya que habían salido al encuentro de Cortés y sus soldados. Oíamos que en las afueras del pueblo se estaba desarrollando una batalla pero, perdidos y agotados como estábamos, nada podíamos sino procurar refugio. De pronto vi llegar dos jinetes que se me figuraron ángeles: eran Gonzalo de Sandoval y Cristóbal de Olid, que a galope buscaban una ruta de escape para la tropa; salí presurosa a darles voces en castellano, para que no me confundieran con gente del bando contrario, y ansiosamente les pregunté por don Fernando, pero nada me dijeron pues nada sabían, excepto que al ver que no lo seguíamos había vuelto sobre los puentes. Imagina, hijo, la desesperación de la que fui presa, que Sandoval sin más palabras me subió a la grupa del caballo, y salimos ligeros en busca del escuadrón para llevarles las nuevas de que los guerreros tlaxcalteca aguardaban órdenes en Tlacopan.

Mi Capitán no había logrado llegar hasta los puentes, Martín, pues estaban henchidos de guerreros, y a pesar de que por poco lo asesinan, como pudo se volvió atrás con otros capitanes para buscar refuerzos, y al apearse del caballo se encontró con Pedro de Alvarado, que con grave riesgo de su vida había cruzado el canal asido de un madero, y protegido, como todos los que esa noche sobrevivimos, por la gloria de Jesucristo, logró alcanzar a don Fernando. Al mismo tiempo, con Sandoval y don Cristóbal llegué yo a su lado, pero Cortés no me vio porque se encontraba demandando a Alvarado noticias de los que permanecían en Tenochtitlan, a lo que éste respondió que todos éramos muertos, como naturalmente suponía, pues había visto sucumbir, con sus soldados, a Juan Velázquez. Entonces fue que, tambaleando, tu padre se dejó caer al pie de un ahuehuete y las lágrimas le saltaron de los ojos. Al verlo así me acerqué despacio y, de rodillas, tomé sus manos; cuando me miró asombrado apenas lo sentí murmurar mi nombre, y me atrajo hacia sí con tanta fuerza que creí que iba a morirme de ese abrazo, pero nunca una muerte habría sido más dulce ni con mayor avidez ambicionada.

Carta vigesimosegunda

Huida de México-Tenochtitlan, y lo que aconteció.

¡Qué inmensa fue mi dicha cuando alcancé la partida de Cortés!

Piensa, hijo, que antes de pertenecerle a tu padre, yo no era nada, ni tenía nada, y mis días transcurrían sin dirección; pero mi Capitán le dio rumbo a mi vida, y a su lado jamás vacilé, pues para mí su palabra era sagrada, como la de Dios.

Por eso fue tan cruel padecimiento la incertidumbre respecto del bienestar de mi esposo, y por eso también, no tenía más pensamiento que alcanzar su tropa, sin saber que, mientras tanto, Cortés nos imaginaba rehenes o muertos en México. Y pues cada uno por su lado tenía como el alma dividida, al encontrarnos nuestra emoción se centuplicó; aunque no esperaba la fuerza de su abrazo ni sus lágrimas, que mucho me afectaron. Pero al cabo mi señor me besó; primero las manos y la frente y, luego, con avidez, los labios. Fernando no olvidó que estábamos cerca de amigos y servidores, pero el fiel Alvarado cuidó de apartar a los hombres, y dispuso a la guardia en torno de nosotros.

Lentamente, como por mágica transmutación, la penuria y la desesperanza fueron desapareciendo del rostro de mi Capitán. Yo veía en sus ojos que se alejaba la tristeza, y me esmeré en ser su mujer, para lo cual elegí ignorar que llevaba los vestidos hechos jirones, cubiertos de barro y de sudor; pues en los brazos de mi amado fui hermosa entre las hermosas, y la belleza no se ceñía a mi complexión, sino que se extendía a los confines de la noche, como una gigante campana de invisible refugio.

Junto a mi Capitán no había lugar para la derrota ni el miedo. Lejos estaban la duda, la pobreza, la esclavitud. El espíritu de Fernando era espada justiciera y, a su amparo, parecía como si yo misma la empuñara: nunca más Marina perdería a su familia, ni padecería maltrato, o de nuevo mendigaría mendrugos; pues mi señor era Rey muy poderoso y, a su lado, sentía que nos guardaban mil valientes, aunque él solo era suficiente y poseía la fortaleza para hacer huir hasta a las sombras de la noche, para que ni un día sobre nosotros dejara de brillar el sol. Y Fernando fue mío y yo de mi señor, y conmigo tuvo su contento esa noche en que Marina fue perfecta, y única, y los dos sabíamos que unidos éramos inquebrantables, porque "fuerte es, como la muerte, el amor".

A lo lejos, en la profundidad de la noche, oíamos a nuestros enemigos festejando. No me importaba, pues me hallaba en brazos de mi amado; mas supe que pronto Alvarado vendría a llamarlo, pues no podía resultar prudente continuar postergando la orden de seguir adelante, por más que el esfuerzo resultara descomunal.

Antes de salir de Tenochtitlan mi Capitán había ordenado que se repartiera entre sus hombres el tesoro que le había entregado Motecuhzoma, y muchos soldados españoles, sobre todo los de Narváez, perdieron la vida en los canales al tratar de alcanzar la tierra firme debido al peso de las barras de oro; otros, que no lograron salir de la ciudad, resistieron unos pocos días el asedio y después los doblegaron y los devoraron; los más perecieron durante la batalla o debido a la fatiga y el hambre; sólo perseveramos quienes tuvimos la ayuda de Dios primero, y luego la de Tlaxcala, provincia que fue patria, morada, amparo y defensa de los cristianos de la Nueva España desde aquellos primeros días de la conquista.

Pero cuando digo que íbamos como amparados por la Providencia, eso no significa que no padeciéramos; por el contrario, daba lástima vernos tan sucios, rotos, heridos, enlodados y flacos. ¿Y cómo podíamos encontrarnos, luego de las batallas en México, Tlacopan, Tototépec, Quajimalpan, Tepotzotlán y Atzamecan, donde el esforzado Tzilacatzin nos mató una yegua y aunque lamentamos la pérdida nos salvaron de morir de hambre sus carnes? ¿Cómo, después de aquel feroz encuentro en Otumpan, contra más de 200 mil hombres fuertemente armados?

Cuando mi Capitán vio que no había escapatoria posible de semejante destrozo, por morir con algún consuelo apretó con las piernas al caballo, llamando a Dios y a san Pedro y, peleando cual un león rabioso, rompió las filas contrarias hasta alcanzar a Cihuacóatl Cihuacatzin, lugarteniente de Motecuhzoma, y tras embestirlo le arrebató el estandarte real; con éste en la mano se volvió hacia el campo de batalla, dispuesto a hacerse matar, pero la pérdida del capitán de Teotihuacan sumió a los suyos en un desánimo tal que, sin más, dejaron de pelear. Esta victoria, Martín, por poco nos cuesta la vida; ninguno salió de ella sin sufrir graves heridas.

Todavía no sé cómo finalmente logramos alcanzar tierra tlaxcalteca. Todos los reinos se hallaban arengados en contra de nosotros por Cuitláhuac. Pensar que hasta hace poco éste era prisionero de Cortés en Tenochtitlan y que lo había dejado en libertad luego de que Motecuhzoma le asegurara que así se apaciguaría al pueblo alzado en armas; en más de una ocasión lo lamentó, pues fue Cuitláhuac quien encabezó el feroz ataque de la Noche Triste en que casi nos matan y emprendió luego una campaña destinada a malograr la paz pactada entre las provincias conquistadas y don Fernando.

Nada, pues, garantizaba que los mexicanos no hubieran convencido a los tlaxcalteca de romper su alianza con nosotros, lo que, como luego supimos, en efecto se les había requerido, y no estábamos en condiciones de resistir otra batalla. Nos encontrábamos mal heridos y hambrientos; incluso la castellana María Estrada, fuerte mujer que peleaba como esforzado varón, apenas podía mantenerse en pie: a rastras llevaba la lanza con la que había atravesado las entrañas de cientos de enemigos y, de puro flaca, parecía un muchacho.

Al entrar a Hueyotlipan, de sólo vernos se echaron a llorar los ancianos; pero a los valientes guerreros de Tlaxcala que iban con nosotros los saludó el pueblo con un aplauso, y mi Capitán comprobó, aliviado, que aún quedaban aliados de la Santa Cruz en la

Nueva España. En Hueyotlipan, por vez primera en ocho días, volvimos a tener la bendición de una comida caliente y, lo que fue incluso mejor, yacimos en reposo sin que lograra perturbarnos el mañana.

Como ya te he dicho, don Fernando dormía poco y yo me acostumbré a acompañarlo desde que abría los ojos; permanecía en silencio, concentrado en sus anotaciones, y yo vigilaba que nadie fuera a incomodarlo, pues en esos momentos tomaba las más importantes decisiones. Algunos dicen, Martín, que en batalla la suerte favorece a los audaces, pero Cortés nunca dejó nada librado al azar y, por el contrario, minuciosamente estudiaba todo lo que podía llegar a acontecer; por eso era tan importante no interrumpir sus reflexiones. Más tarde hacía llamar a sus capitanes para escuchar lo que tenían que decir y de inmediato hacía pregonar sus órdenes. Era resuelto a un grado tal que, aun en las raras veces en que tomó un rumbo equivocado, la firmeza de su decisión en gran medida atemperaba el yerro y, como fuera, lo cierto es que lograba contagiar a su ejército de la confianza que él mismo sentía, lo que en gran medida explica sus victorias.

Al día siguiente de nuestro arribo a Hueyotlipan, vinieron los señores de Tlaxcala a entrevistarse con mi Capitán, y entonces supimos cómo Cuitláhuac les había ofrecido multiplicados favores a cambio de su amistad, pero ellos se habían negado a traicionarnos, porque aunque cientos de ellos murieron peleando a nuestro lado, más fueron cruelmente asesinados por los mexica durante la guerra florida, aun violentando el reglamento que la regía. ¿Acaso podían olvidar a los mil nobles tlaxcalteca pasados a cuchillo el día de la coronación de Motecuhzoma Xocoyotzin? ¿Y las continuas violaciones de territorio? ¿Y la prohibición de comprar sal y de plantar algodón? Ahora los teules blancos traían poderosas armas y veloces caballos, perros feroces y un Dios que protege a los débiles, que ama a los esclavos, que castiga a quienes se aprovechan de su fuerza; en los de Castilla habían encontrado un aliado que había jurado vengar sus afrentas, devolverles la dignidad y hacerles pagar muy caro a sus enemigos el sometimiento del gran pueblo de Tlaxcala. ¿No les había señalado Cortés que eran sus jóvenes guerreros quienes entrenaban, con su fiereza y su valeroso esfuerzo, al ejército mexicano?

Sólo Xicoténcatl el Mozo se declaró a favor de aceptar la alianza con Cuitláhuac, alegando que había que aprovechar la oportunidad para expulsar de esas tierras a los extraños, que no eran sino intrusos y advenedizos bárbaros que codiciaban oro y destruían todo a su paso, pues él los había visto de muy cerca; había peleado con ellos y sabía que despreciaban a sus dioses y no deseaban sino poseer sus propios esclavos: si cedían ahora, cuando el enemigo estaba casi vencido, jamás se los sacarían de encima, y ya lo lamentaría Tlaxcala cuando despertara del engaño y conociera la verdadera naturaleza de los caxtilteca. El discurso de Xicoténcatl encendió en algunos un impulso patriótico y le respondieron con entusiasmo, lo que despertó la furia del senado y, porque sus traicioneras razones no hicieran mella en otros jóvenes, echaron al desleal gradas abajo y lo llamaron cobarde y afeminado. Xicoténcatl huyó entonces para unirse al ejército culhúa, pero tantas faltas pronto hallaron su castigo y, más tarde, cuando Cortés se encontraba en Tezcoco, en guerra con Tenochtitlan, con el consentimiento de Tlaxcala dio órdenes de que se ajusticiara al rebelde y el joven capitán murió ahorcado, a manos de su propia gente que, fidelísima y leal, siempre fue partidaria de mi Capitán, con determinación de seguirle hasta morir o vencer contra sus propios naturales, aunándose a los españoles, que eran extraños de su nación, lo que más debe ser atribuido a obra de Dios que de hombres mortales. Nuestros aliados vinieron a Hueyotlipan para pedirnos que nos fuéramos a su tierra, donde podrían atendernos y curarnos nuestras heridas, lo que fue la mejor nueva que pudieran habernos dado, pues hasta entonces, Martín, la verdad es que ya nos veíamos presos, cocinados al fuego y devorados por enemigos mexicanos.

Carta vigesimotercera

Plan de don Fernando con los aliados de Tlaxcala y muchos otros caciques y capitanes enemigos de Tenochtitlan para preparar sobre la ciudad el asalto final, y su entrevista secreta con Cuauhtémoc, último rey de México.

Amigos míos, sin su parecer no he querido dar comienzo a cosa alguna, pues como amigo verdadero que soy de ustedes he querido antes tratarles negocio de tan gran importancia, que es el duro y sangriento combate que habremos de tener con los culhúas mexicanos, lo que por una parte me da pena, dolor y lástima de ellos, y por otra vuelve a representárseme la traición que usaron conmigo y con los míos, matándolos sin piedad, y es menester que castigue su crueldad. Y aunque fuerte e inexpugnable parezca México, bravos y esforzados son mis soldados españoles, que están impacientes por verse envueltos con quienes cometieron, con temerario atrevimiento contra nosotros, tan atroz delito; y no estimo esa ciudad en cosa alguna, que en pocos momentos la ganaremos y la pondremos debajo de nuestros pies, pues están mis hombres como leones y tigres sedientos de sangre mexicana. Y como muy grandes daños seguramente haremos, yo a mi gente le he ido a la mano, estorbándola con disciplina y con piedad, no consintiendo que use crueldad; por eso quiero comenzar esta guerra con el parecer de ustedes, iniciar esta jornada con la mayor templanza que pueda y que sea por Dios inspirada, y que se me excuse por tantas muertes como habrá, porque yo no vengo a matar gente ni a cobrar enemigos, sino a cobrar amigos y a darle nueva ley y nueva doctrina de parte de aquel gran señor, el emperador Carlos, que a ello me ha enviado. Así que, muy leales y fieles amigos míos, les ruego me ayuden en todo lo que se me ofrezca, y más aún en tan justa ocasión, pues es de particular interés y causa para ustedes; por mi parte, tengan por cierto que no les he de fallar.

Otra vez nos encontrábamos recuperando fuerzas entre los indios tlaxcalteca y, de manera en todo contraria a lo que suponía Cuitlahuatzin, don Fernando no tenía más pensamiento que el de volver sobre Tenochtitlan. Así, mientras en México se ordenaba la reconstrucción de la ciudad y se mandaba que calles y acequias quedaran limpias de cuerpos y de sangre, por borrar el rastro de nuestro paso por el Anáhuac, en Tlaxcala Cortés comenzó a reunirse con los mejores capitanes y guerreros de las provincias tributarias, persuadiéndolos de ayudarlo a doblegar al feroz y altivo ejército mexicano; mas grande era el temor que éste inspiraba en todos lados y, al principio, ninguno quería ni oír hablar de enfrentarlo. Pronto comprendieron que la guerra era inevitable, y eso los obligaba a tomar partido, pues aquellos que permanecieran al margen se expondrían a sufrir la furia de ambos contrincantes. Como ellos ya sabían qué podían esperar de los mexica, mucho mejor les parecía aliarse a los españoles, que además de seguro resultarían vencedores.

Tenía poco más de un año al lado de mi Capitán, Martín, y era tan parte de mí, y yo tan parte suya, que parecía, no mi esposo y señor, sino más: mi padre, mi carne. Traducía al mexicano sus palabras con vehemencia y persuasión pues sus discursos calaban hondo en mis pensamientos y me inflamaban de certezas, como ocurría a muchos de los que lo seguían; a quienes no lograba conquistar con palabras, les ofrecía parte de cuanto se pacificara, en particular los ricos reinos vecinos de Tlaxcala, luego de que Dios nuestro Señor nos diera la victoria. Así, don Fernando lograba encender el ánimo militar de los hombres.

Recuerdo que fuera de la casa donde se llevó a cabo la conversación de guerra contra México se colocó el valioso estandarte que Cortés arrancó de las manos al Cihuacóatl Cihuacatzin y que le había entregado luego a un principal de Tlaxcala en reconocimiento por su apoyo y su ayuda; fue éste quien sugirió tomar en primer lugar la provincia de Tepeyac, que abastecía a Tenochtitlan, y luego a las demás comarcas circunstantes: sería como desmembrar el árbol que, despojado de sus raíces, podría arrancarse con mayor facilidad. Al conquistar a los aliados menos fuertes, se aislaría a la ciudad de México, que, sin socorro, no podría sustentarse. Con ser valiosísimo y razonado acuerdo, que ofrecía la ventaja de evitar el combate directo con los bravos guerreros mexitin, don Fernando aún no estaba satisfecho: deseaba herir al demonio en la testa, conocer de cierto que lo había derrocado; pero ¿cómo lograrlo?

Los soldados y los caballos habían perecido, en su mayor parte, en las acequias malditas que resguardaban la ciudad, y los mexicanos iban y venían por ellas a tierra firme para procurarse alimentos y negociar refuerzos o alianzas: en suma, mientras tuvieran en su poder el bastión imperial y gobernaran desde ahí la tierra y el agua, siempre lograrían resistir nuestro ataque.

¡Ah, si él tuviera los invencibles barcos de guerra españoles para atacar con ellos a los enemigos, despedazaría sus murallas con cañones!

Fue entonces, Martín, que a Cortés le iluminó el rostro un plan: haría construir con sus carpinteros unos navíos, trece bergantines donde transportar soldados y lombardas, guerreros y caballos hasta las puertas mismas de la ciudad que se había propuesto hacer suya. De nuevo, parecía que a don Fernando lo aconsejaba el Espíritu Santo, y los bergantines fueron clave en la reconquista de México; antes, sin embargo, sucedió algo de casi idéntica importancia: la terrible peste de viruelas que asoló Tenochtitlan durante 60 días funestos.

Muchos murieron durante la Gran Epidemia, uey çahuatl, como se llamó a este cocolliztli, gran dolor del pueblo; otros fallecieron de hambre, pues a quienes atacaba la dura enfermedad de granos quedaban tendidos sobre la espalda, ensuciándose con sus propios excrementos, sin poder moverse ni darse vuelta siquiera por el sufrimiento tremendo que esto les causaba y, así, nadie se ocupaba ya de nadie, y los niños morían y sus padres los veían morirse sin poder ponerle remedio. Cientos quedaron desfigurados, con el rostro cacarizo y enfermo, y otros más, con los ojos apagados. Cuando finalmente comenzó a ceder su virulencia, y fue desapareciendo por el rumbo de Chalco, los españoles volvieron y dio inicio el sitio.

A pesar de que don Fernando estaba muy seguro de que la ciudad sería vencida, antes de comenzar el asedio envió a Cuauhtémoc un mensaje en el que requería de su presencia, con el fin de ver si todavía era posible evitar un enfrentamiento armado; aquél accedió a la entrevista, que se llevaría a cabo en uno de los lagos para asegurarse de mantenerla secreta a ojos y oídos indiscretos. Acompañé a mi Capitán como su lengua, y puedo decirte, Martín, que llevaba conmigo la esperanza general de hallar al príncipe bien dispuesto hacia las pláticas de paz, pues, hartos de pelear, era paz cuanto ansiábamos; pero supe que habría guerra ni bien miré el grave semblante de Cuauhtémoc y sus ojos de anciano en aquel irreprochable rostro de mancebo. Diez generaciones de reyes mexicanos parecían vigilar la conducta del postrer tlatoani cuando, luego de escuchar a mi Capitán, respondió: "Malinche, haz lo que debes hacer; yo haré lo que debo hacer".

Tu padre siempre procuró que entraran en razón sus contrincantes. Primero con Motecuhzoma, que al cabo tuvo la claridad de entregar pacíficamente el mando a don Fernando, para evitar un mayor daño; luego con su hermano Cuitláhuac, que, ciego de vergüenza por haber sido prisionero en Tenochtitlan, no supo anticipar lo que se le venía encima; por último, con el arrogante Cuauhtémoc, que se negó a aceptar la paz: yo creo, Martín, que quiso ser un héroe para su pueblo, aunque de sobra sabía que estaba por terminarse el tiempo del imperio.

¿No era él Águila que Cae?

El ocaso de Nahui Ollin se había decidido de antemano, a tal grado que el último gobernante de México-Tenochtitlan llevaba por nombre tan infausta señal: el águila imperial, la luz de los culhúa, el gran pájaro-sol caería herido fatalmente, ¿y podía permitirse que en su descenso presuroso se desplomara sin brillo y sin bravura a la grosera tierra profanada por los enemigos de Huitzilopochtli? Demasiado joven y brioso para rendirse o resignar sin oponer resistencia, comprendía no obstante que estaba perdido, pues Malinche con los tlaxcalteca no hacía sino repetir los pasos que antaño habían dado a los suyos la victoria definitiva sobre Azcapotzalco, base del señorío mexicano: se aliaba Cortés con otros para doblegarlo.

Ay, estaba escrito: México sería vencido, pero no sin que él, el último de los reyes del Anáhuac, coronado con prisa y sin ceremonia sobre los restos mortales de sus enemigos, hiciera holocausto en defensa de las divinidades que, en el inicio de los tiempos, habían dado su sangre para alimentar al Quinto Sol que había alumbrado sobre sus antepasados: Nezahualcóyotl, Ahuitzotl, Motecuhzoma Ilhuicamina, Axayácatl, todos los merecedores de aquel sacrificio generoso y sagrado. Cuauhtémoc les ofrendaría esta oblación, la sangre de sus súbditos, su propia sangre: su vida pertenecía a los dioses.

Esto era lo menos que le debía a la memoria de tan glorioso pasado. Lo justo, ahora, era impedirle el paso a la duda que comenzaba a hacer más daño que la epidemia de çahuatl entre su pueblo: si acaso podía ser cierto que el Creador cristiano era el verdadero.

Cuauhtémoc puso fin a la entrevista y, debo decirlo, no fue posible sino guardarle una respetuosa admiración pues, con todo, su dignidad era propia de la estirpe noble a la que pertenecía; sin embargo, antes de darse vuelta para marcharse de regreso a Tenochtitlan, donde de inmediato dispondría las medidas, a su pesar inútiles, para la heroica defensa de la ciudad sagrada, se acercó a mí y, calladamente, me dijo al oído:

> Anda, vuélvete con Malinche mientras puedas, pero recuerda cada noche cuando le sirvas que aun cuando uses la lengua del advenedizo, será por tu espíritu que hablará tu raza, aquella que has elegido traicionar.

Estas palabras despertaron en mí un sentimiento que anidó en mi corazón con una fuerza que me desconcertó porque, ¿sabes, Martín?, hasta ese momento yo creía que era odio lo que guardaba hacia mi madre por venderme, y lo que me inspiraba la tiranía mexicana, y aquello que sentía por quienes me tuvieron por esclava en el Mayab; sin embargo, durante todo ese tiempo había estado equivocada, pues odié a Cuauhtémoc con tal intensidad que la ira me impedía conciliar el sueño, y prefería pasar las noches imaginando con cruel saña las formas de mi revancha; tanto odié a Cuauhtémoc que me preguntaba si no habría sido víctima de alguna hechicería, y casi esperaba verme cambiar de aspecto, engendrar garras y afilados colmillos, ojos nocturnos y un cuerpo veloz y poderoso con el que me sería dado recorrer las leguas que me separaban dolorosamente de él hasta alcanzarlo para darle caza y matarlo y devorar sus entrañas.

Luego de escucharlo, el corazón comenzó a golpearme el pecho con una fuerza rabiosa, cual enloquecido tambor que anunciara con su ritmo frenético el comienzo de una guerra sin tregua ni cuartel, destinada a extirpar de la tierra la presencia, la huella y la memoria de mi aborrecido enemigo; por éste, ofendí a Dios con el peor de los agravios, y cometí un pecado todavía mayor: oculté mi ira, incluso a mi confesor, para que nada ni nadie me obligara a renunciar a su posesión. Me aferré a ese odio como a un amor, y le fui constante y devota, tan honda era mi necesidad de él.

Estos lóbregos sentimientos, que parecían obra de Satán, y yo misma llegué a pensar que podían serlo, en realidad no eran sino una prueba del Cielo destinada a despertarme de mi vanidad, pues estaba trastornada por la adulación y la lisonja que me prodigaban indios y españoles por igual. Se me adoraba, se me obedecía; me creía ungida de voluntad divina y encima con mayor mérito virtuosa, pues no me aproveché de mi posición ni me hice fatua o altanera. En suma, tenía a todos bajo engaño. Pero Cuauhtémoc, ¡ay, Martín!; Cuauhtémoc miró a través del impío resplandor de mi mundana autoridad y dejó al descubierto la llaga de la que verdaderamente sangraba.

¿Podrás comprender, hijo?

No me importó que me humillara, pues a la humillación estaba acostumbrada; mas cuán dolorosa fue la sospecha de que, tras la quimera de mi pretendida bondad, no había sino una criatura venial, llena de soberbia y trágicamente errada.

Los caminos del Señor son misteriosos: cuando me creí más cerca de su palabra, estaba en realidad más alejada; quise ser buena, y era la peor de su rebaño.

Años más tarde, aquel maligno apego mío fue lo que me hizo comprender que no se alcanza el bien con la ignorancia del pecado, sino con su renuncia.

Tantas veces me he equivocado que quizás ya no soy digna de perdón, pero si, aun después de que hayas escuchado todo, logro por felicidad obtener el tuyo, entonces acaso sea posible que, en el corazón del Salvador, quede un poco de clemencia para doña Marina. Sé muy bien, Martín, que la sinceridad tiene un costo; pero he jurado decirte todo, aunque con la verdad mancille mi memoria.

¡La verdad!

Una vida, hijo, le costó a tu madre mirarle el rostro.

Carta vigesimocuarta

Sitio y toma definitiva de México-Tenochtitlan.

Ninguno de nosotros estaba preparado para encontrar al pueblo mexica tan devastado: ni Cortés y sus soldados, ni los aliados tlaxcalteca, huejotzinca y chalca, ni las hordas de mercenarios tarascos y teochichimeca que habían contribuido tanto a alcanzar esa conquista. El último bastión de la resistencia, Tlatelolco, era cuanto quedaba en pie de la ciudad que había sido señora de la Nueva España; curiosamente, entre tanta destrucción y ruina, su belleza intacta semejaba una mueca grotesca, un forúnculo que le hubiera brotado a la tierra, pues a su alrededor todo era escombros envueltos en humo y cenizas, y déjame decirte, Martín, que nadie lo lamentaba tanto como don Fernando, que sabía lo que era gobernar desde el fastuoso palacio de Motecuhzoma y se había imaginado los rostros de admiración y asombro de los enviados y embajadores de Castilla y de otros muchos importantes reinos, frente a tanta y tan extraña maravilla como había en México-Tenochtitlan. No pudo ser, pues la resistencia, feroz, lo obligó a quemar y romper las casas por quitarles a los indios la forma de retomar por la noche el terreno ganado por los españoles durante el día.

Cuando entramos a Tlatelolco nos preguntamos dónde estaban los orgullosos mexicanos que se burlaban de nosotros arrojando a las acequias la comida, seguros de que antes de llegar a sentir hambre vencerían a quienes pretendían doblegarlos.

Dicen, Martín, que antes de la entrevista con Cortés, Cuauhtémoc supo de las paces que mi Capitán le ofrecía y reunió a sus principales y a sus sacerdotes para consultar qué es lo que debía responderle; éstos le dijeron que más valía que todos murieran a verse en poder de quien los haría esclavos. El rey de México guardó silencio mientras escuchaba y, finalmente, respondió:

> Pues que así sea entonces: con discreción administren el maíz y el bastimento, y muramos todos peleando, y de aquí en adelante, que cada uno de ustedes se guarde de osar demandarme las paces, pues a quien así lo haga, mandaré que lo maten.

¿Dónde estaban ahora esos principales y sacerdotes? ¿Dónde la victoria que les prometieron sus dioses?

A las provincias, Cuauhtémoc envió las caras desolladas y las cabezas, los brazos y las piernas de aquellos soldados españoles que había capturado y sacrificado a Huitzilopochtli, a fin de amedrentar a quienes se habían unido a Cortés en contra del imperio, pero sus enviados y embajadores a menudo sometían a las mujeres frente a sus hombres y maltrataban a los niños y a los ancianos, con lo que antes que domar sus voluntades lo que lograban era inclinarlos hacia don Fernando, y fue así que muchos se pasaron a su bando. ¿Supondría Cuauhtémoc que eran de eficacia esas expediciones punitivas? Los hijos del pueblo mexicano estaban aherrojados a la arrogancia de sus dirigentes.

¿En qué pensabas, Águila que Cae, cuando tus súbditos rascaban la tierra en busca de raíces y yerbas para comerlas cocinadas, tratando de engañar el hambre?

¿En qué, cuando ya no quedaba cosa para sacar y tu gente se ponía entonces a comer corteza de árboles?

¿Acaso te fue fácil conciliar el sueño mientras lloraban sin lágrimas, lastimosamente, los niños con sus caritas de anciano por el sufrimiento de no tener qué llevarse a la boca? ¿Sabías que por la falta de agua les quedaba marcada la piel al tacto? ¿Los viste temblar de frío, aun en medio de un calor sofocante?

Sé que te resultó sencillo, al tener noticia de que había entrado mi Capitán a Tlatelolco, tratar de huir con tu séquito en una de las 50 piraguas que te aguardaban, pero el soldado Holguín y Gonzalo de Sandoval te llevaron preso ante don Fernando.

¿Dónde pensabas refugiarte?

De seguro te acordabas de todas las veces que tus antepasados fueron expulsados de tierras cedidas o tomadas y creíste que, oculto, lograrías encabezar la resistencia mexica. No lo quiso así el Dios verdadero y, cuando estuviste frente a Cortés, le pediste que sacara el puñal que llevaba al cinto y te matara, pues habías fallado en defender tu ciudad.

Me hubiera gustado, hijo, te lo confieso, que tu padre accediera a los ruegos de mi enemigo, pero no lo hizo; mi Capitán, que era perfectamente capaz de ejecutar la mayor pena si la falta cometida lo ameritaba, dijo que su espíritu cristiano le impedía ordenar una ejecución innecesaria. Yo sentía un torpe impulso de protegerlo, pues creía que su afán de acción, tan poderoso, lo cegaba a la envidia y a los resentimientos que despertaban su fortaleza y su eficacia, terreno fértil para la intriga. Mas, si bien es cierto que Cortés poseía un espíritu tan audaz que despreciaba los riesgos inherentes a todo triunfo, aun aquellos infinitamente menores a la gloriosa hazaña de la conquista de México, no tenía asomo de ingenuidad, y si dispensó a Cuauhtémoc fue sin duda pues comprendía que, por el momento, su prisionero valía más vivo que muerto; el emperador y su real persona aún tenían peso. Muchos de los que presenciamos tan conmovedora escena, sin embargo, vimos en ella un ejemplo de caridad donde no había sino templanza y juicio de buen militar. Ya Dios nos enviaría un recordatorio de cuán inconveniente resulta invocar su nombre en falso; pues mucho mejor hubiera sido que tu padre pasara a cuchillo al mexicano, tal como éste pedía, con lo cual no solamente se pondría fin a su estirpe de tiranos, sino que habría cortado de raíz la cabeza de hidra del monstruo de odio, plural y venenoso.

Recuerdo que, al costado de mi Capitán, se hallaba la princesa Tecuichpo, por la que tu madre sentía una especial devoción: para esta huérfana desprovista de afecto, ella fue, en aquellos felices meses de toma pacífica de Tenochtitlan, una suerte de hermana que generosamente la vida me ofreció. En honor al afecto que tomó por mi persona, me había abierto, durante la Noche Triste, una puerta hacia un pasaje secreto por el que, con nuestra guardia, logramos escapar del frente de batalla y encontrar el camino hacia el acueducto, salvando nuestras vidas; pero nunca antes he contado a nadie esto, por no exponerla al peligro de que se supiera del auxilio que nos brindó.

Isabel-Tecuichpo fue destinada a Cuitláhuac y, luego de que éste falleciera, desposó a Cuauhtémoc, junto al que presenció la destrucción de la ciudad. Yo hacía memoria de su dulce risa y de sus juegos de niña en los jardines de palacio, y de su inteligencia impar mientras recorríamos la biblioteca de su padre y juntas abríamos con avidez los enormes libros de pinturas; imposible olvidar las lágrimas que vertió cuando le narré mi desdichada historia mientras trenzaba su cabello, como si fuera una muñeca más de su vasta colección. Mi sino, Martín, me ha aislado de todos desde muy pequeña, y nunca me aficioné al ruido ni a las fiestas, pero hubo algunas pocas personas a las que verdaderamente quise; una de ellas, he de decirlo, fue Isabel, aunque parezca insólito haberle tomado un cariño tan profundo a quien llevaba la sangre de mi enemigo Motecuhzoma: también por ella, al cabo, no pude sino compadecerlo.

Esta hija de reyes, y esposa de tan importantes nobles, en los meses transcurridos había cambiado tanto que, te juro, Martín, me resultó imposible descifrar qué sentimientos desterró de sus largos y hermosos ojos para siempre cuando miró al prisionero de mi señor Cortés sin traicionar un ápice su elegante aplomo. Pero Cuauhtémoc, al verla, casi se derrumba, y exclamó: "En verdad son entregados los príncipes, ¡oh, Isabelita!".

Carta vigesimoquinta

En la que se hace relación de la reconstrucción de México y de la infausta noticia que recibí desde Cuba y que, nuevamente, vendría a alterar el rumbo de mi vida.

Anoche me desperté bañada en un sudor helado y, despojada del manto de olvido que acostumbra cubrir nuestros sueños, logré recordar el mío con una claridad diáfana: volví a ser una niña vendida a los pochteca que caminaba de noche por sitios harto tenebrosos; de pronto, ante mis ojos surgía, iluminado, el gran puerto de Potonchán. Ahí, desde una canoa, daban voces alegres para llamarme mis compañeras, y yo quería correr hacia ellas pero mi padre me sujetaba con firmeza. Feliz, ponía mi mejilla contra su mano, y seguíamos un camino que cada vez se hacía más estrecho y oscuro; cuando veía que nos acercábamos a la casa donde fui vendida, alzaba la vista hacia mi padre, pero su rostro ahora era el del muchacho pochteca y fue entonces que me sacudió un sobresalto.

Al volver en mí recordé un episodio pasado: cuando me entregó el pochteca, con toda la fuerza de que era capaz me prendí a aquel joven que yo tomaba por un amigo, rogándole con llantos que no me dejara entre extraños; pero él se zafó de mi abrazo y luego frotó las manos contra su ropa, como si estuviera limpiándoselas, igual que hacen los comerciantes del mercado cuando entregan a un comprador un animalito a cambio de un exiguo pago. Durante mucho tiempo viví con la vergüenza de haber luchado por retener a ese mercader para quien nada había significado, pero también con la sensación del vacío que su mano dejó entre las mías. Luego olvidé todo, hasta ayer: la fiebre hace surgir recuerdos que deberían estar sepultados.

Por intermedio de Cuauhtémoc, Cortés ordenó que de inmediato se comenzara la construcción de la capital de la Nueva España sobre sus ruinas, lo que burla fue sobre los mexicanos, que habían amenazado a los tlaxcalteca con ponerlos a levantar la ciudad cuando nos vencieran, sin imaginar que serían ellos, bajo el mando ingeniero de don Fernando, quienes reedificarían los palacios de los nuevos señores de Tenochtitlan.

¡Cómo sufrían los mexica! ¡Cuánto padeció Tlalelolco!

Tezcoco, Chalco, Chalco: uno por uno los anteriores aliados se fueron pasando a filas enemigas, jurando fidelidad al rey católico. Cuando, durante el sitio, el ejército de Cortés lograba ampliar el terreno tomado, los indios se aseguraban de que en México se supiera quién más se había unido en su contra, pues tras la victoria sonaban atabales con grandísimo ruido al que seguía un silencio sordo que rompían gritando: ¡Mizquic! ¡Xochimilco! ¡Uitzilopochco! ¡Mexicatzinco! ¡Cuitlahuac! ¡Iztlapalapan! ¡Coyohuacan!

Antes de esto, sólo otra cosa logró poner desmayo en el ánimo de los hijos de Huitzilopochtli: la quema de la Casa de las Fieras, pues al verla arder comprendieron que habíamos alcanzado el gran templo principal. Los pocos animales que escaparon del fuego vagaron desconcertados por los alrededores de México, y de noche, en el silencio, a menudo podía escucharse sus lamentos, como si incluso las bestias lloraran la pérdida de tan maravillosa ciudad.

Entramos a Tlatelolco, Martín, un año después de la Noche Triste, el 30 de junio de 1521 y, como si el recuerdo de ese triunfo hubiera dado fuerzas a nuestros adversarios, ese día casi logran matar a mi Capitán. Lo rescató, una vez más, Cristóbal de Olea, quien perdió la vida dándole la suya a don Fernando, pues falleció salvándolo; nuestro ejército retrocedió obligado y varios días más duró la batalla.

El 13 de agosto, el capitán García Holguín, bajo el mando de Gonzalo de Sandoval, descubrió a Cuauhtemotzin mientras intentaba huir a bordo de su acalli, y lo condujo, como ya te he contado, frente a Cortés, hecho que puso fin a la guerra. Toda la noche tronaron los cielos y cayó una persistente lluvia, sin duda destinada a renovar la tierra y lavarla de la valiente sangre vertida en ambos bandos: eran los albores de un nuevo tiempo, que yo imaginaba perfecto y que muy lejos estaría de serlo.

Don Fernando se adaptaba a su nueva posición de Gobernador y Justicia Mayor de la Nueva España, y quizás yo habría vuelto la vista nuevamente hacia otro lado como cuando se había investido de la autoridad imperial de Motecuhzoma: en aquellos días profesaba por mi católico señor una fe ciega. Pero tanto era lo que había sufrido como esclava y tanto lo que aborrecía la tiranía, que poco deseaba sentirme encadenada a la compleja vida de un hombre que, aun sin proponérselo, comenzaba a parecerse demasiado al rey que habíamos luchado infatigablemente por vencer.

Tu padre conquistó la majestuosa corona mexicana y el apretado círculo de poder ansiaba ungirlo emperador; y mientras más alto subía mi Capitán más pensaba yo que mi utilidad, si es que tenía alguna, estaba abajo, entre los miserables y los olvidados, víctimas involuntarias de un engaño, y no en aquellas cortes bastardas de intrigas, fingimientos y traición. Urgía a don Fernando a comenzar una completa transformación del gobierno, y él en cambio se iba convenciendo de que debía preservar las estructuras que habían sostenido a la monarquía tenochca. Yo creía que el poder era un medio para alcanzar la justicia; él, que era un fin para imponerla. Desde luego que yo me equivocaba, pero, al igual que aquellos caballos que se desbocan, atendía únicamente mi carrera enloquecida, de la que sólo lograría detenerme la fatiga de mi propio esfuerzo atropellado.

Acaso lo que nos sobrevino fue la disparidad de nuestra naturaleza tan contraria: la aguda disposición de tu padre era muy distinta de mis apasionados fervores utópicos, en parte atribuibles a mi juventud y en parte a la ansiedad con que toda la vida he acometido mis propósitos. En todo caso, quizás nada de esto habría logrado separarnos de no ser por la noticia que llegó a fines de ese mismo año, con el arribo del veedor Cristóbal de Tapia, y que transmitió a don Fernando fray Pedro Melgarejo: en la entrevista con Tapia, dicho fraile supo que la esposa de Cortés, Catalina Xuárez de Marcayda, vivía aún en Cuba, y que se tomó por su fallecimiento un desmayo muy profundo, del que se había repuesto al cabo. Don Fernando no parecía afectado por la noticia y yo me cuidé bien de mostrar mis sentimientos que, como podrás imaginar, eran de un profundísimo desencanto, pues que no hubiera muerto la mujer de mi Capitán significaba que el nuestro era un enlace nulo.

Es extraño, Martín: todo lo bueno que me aconteció en la vida me llegó de manera inesperada, como caído del Cielo, y aun cuando aquella fuente mía de orgullo que era ser esposa de mi señor don Fernando se había roto en pedazos, me fue concedido el consuelo de darle a Cortés su primer hijo varón.

Tu padre tenía preocupaciones muy serias al frente del ejército triunfante y del imperio conquistado, y si mandó llamar a doña Catalina fue sólo para dar el buen ejemplo, pues deseaba para la Nueva España un destino diferente al que había destrozado a las islas, cuyas riquezas y gentes los españoles habían agotado, y para tal fin ordenó que recibieran tierras únicamente aquellos que se comprometían a poblarlas, con lo que obligaba a quienes estaban ya casados a traer a México a sus esposas y, a quienes solteros eran, a casarse en un corto plazo. Así, desechó la importancia de la cercana llegada de doña Catalina y dijo que cuando ésta arribara él ya vería cómo hacer para lograr que no fuera a importunarlo.

A menudo he pensado, hijo, que por más que nuestro santo Padre nos purga con desgracias, jamás lleva las cosas más allá de nuestra propia tolerancia, y por ello, aunque el dolor del momento sea tan intenso, siempre salimos de él purificados.

No parecía un año bueno ese de 1522 que se iniciaba y, de no ser por ti, Martín, acaso no habría tenido fuerza para recomponerme de tan tristes novedades; mas la Providencia te mandó a mi vida, y todo lo demás palidecía: nada, en los meses por venir, me importó tanto como sentirte latir dentro de mí, pequeño corazón de huitzitzilin que le ponía alas a mis temores y me dotaba de su codiciado temple guerrero para ayudarme a enfrentar la mayor de las ordalías con que Dios me puso a prueba en aquel tiempo: resignarme a perder a don Fernando.

Carta vigesimosexta

Donde se da razón del nacimiento del primer hijo varón del Gobernador de la Nueva España y de la aciaga muerte de su esposa, Catalina Xuárez de Marcayda, hechos tan infortunadamente relacionados.

No hay mayor gozo en el mundo que parir la mujer un hijo que dé orgullo a su padre, y eso era suficiente para mí, pero este hecho llegó aparejado al reconocimiento real de la heroica gesta de don Fernando, como para darle un doble contento, pues bendito fuiste desde tu nacimiento.

Al poco tiempo, Cortés recibió la cédula en que el emperador Carlos lo nombraba Gobernador, Capitán General y Justicia Mayor del territorio conquistado y además ordenaba al adelantado Diego Velázquez que se guardara de seguir interviniendo en los asuntos de la Nueva España.

Es cierto que entonces surgieron entre nosotros diferencias: yo no me sentía a mis anchas en corte alguna pues, como ya te he referido, carecía de ambición, y en cambio hallaba una dicha suprema en realizar tareas que otros encontraban humillantes: menos de un año había pasado desde la toma final de Tenochtitlan y la ciudad ya casi se encontraba reconstruida, pero eran muchos los que lo habían perdido todo. Sin embargo, estaba tan bello México que daba gusto verlo: en pocos meses más se construyeron los palacios de Cortés, y fue entonces que éste se mudó de Coyohuacan, pueblo que yo adoraba. Por los servicios que presté a la Corona, tu padre me proveyó ahí de un solar y de una casa; fue lo único en la vida que me perteneció por propio mérito y tuve por aquélla un nefando apego del que me desembaracé luego de perderte a ti: en cada uno de sus rincones escuchaba tu risa y tus pequeños, primeros pasos, y me volvía loca de tristeza entre sus muros y sus patios. Al regreso de nuestro desdichado viaje a las Hibueras, entre mi sufrimiento y tu ausencia, muy cerca estuve de perder el juicio.

Aunque don Fernando hizo lo mejor que pudo para proteger a los naturales de la Nueva España, por la propia responsabilidad del mando que había asumido, a menudo asomaban en él rasgos del tirano, pero luego hacía algo que me devolvía al héroe que tanto admiraba: no aceptó que a los indios se los hiciera esclavos y antes exigió que les dieran trato de vasallos del emperador Carlos, y luego solicitó que, como tales, se los eximiera de pagar tributos, pues no tenían más oro, sino solamente productos de la tierra para su sustento. Lo más importante, y era esto por lo que habíamos peleado tanto, procuraba que en la Nueva España se impusiera un régimen de verdadera ley y de igualdad, en el que se penaría todo abuso de autoridad: el juicio de residencia al que fue sometido él mismo lo prueba. Yo confié en que así sería, pero fácil resulta llenarse la boca de buenos propósitos y asunto bien distinto es realizarlos: Moisés recibía las leyes de Jehová y ya estaba Israel incumpliéndolas, porque los hombres, Martín, no saben ser fuertes sin fuerza.

Tanto sufrimos juntos don Fernando y yo, fue tanto por lo que pasamos, y tanta la gratitud que le guardaba, que nuestra unión era de naturaleza inquebrantable.

Es cierto que Cortés tenía un gran apetito carnal, mas eso no me importó nunca, pues la diversidad le procuraba un alivio de la inmensa opresión del poder.

A Fernando y a mí no nos apartó una mujer; nos separó Dios, y necesario y bueno tuvo que ser entonces que así ocurriera, por más que el dolor de perderlo me desgarró el corazón y, obedeciendo al destino dispuesto para mí, le dio un nuevo giro a mi vida.

Antes de que se mudara a la ciudad de México, Cortés tenía su séquito en Coyohuacan, como ya ha quedado dicho, y ahí fue donde se aposentó la vanidosa y fatua doña Catalina, que vivía pendiente de las fiestas y ansiosa por pasar cada noche una velada en compañía de la gente más obsequiosa y aborrecible que imaginarte puedas. Mi Capitán, que me quería cerca por razones de estado y que deseaba tenerte a su lado, la había enfurecido con semejante decisión, que sin embargo se vio forzada a aceptar. Yo me mantenía lejos de esa mujer que me odiaba, sobre todo porque su envidia del hijo varón que ella no lograba procurarle a su esposo era, a mi juicio, de gran riesgo para ti; y mi intuición de madre no me falló, como verás por lo que voy a contarte.

Una noche, como otras tantas, don Fernando y su mujer discutieron frente a sus invitados; Catalina se levantó de la mesa y, muy contrariada, se dirigió a su habitación, donde dijo a su sirvienta que no le extrañara encontrarla un día muerta de disgusto por el mal trato que se le daba, y continuó profiriendo desatinos hasta que ordenó que me llevaran ante su presencia, añadiendo que debía acudir con el hijo de Cortés, pues tenía un asunto que debía discutir conmigo y que incumbía también al niño. Apenas tuve tiempo de dirigir una mirada inquieta a doña Isabel, que estaba conmigo, y que felizmente comprendió que debía dar aviso a tu padre de tan singular disposición.

Catalina me recibió en sus aposentos y, suave y lisonjera al principio para mejor llevar adelante sus turbios propósitos, me pidió que le permitiera tomarte en sus brazos, pues, impedida de la bendición de procrear hijos, era sin embargo aquello que más deseaba, y decía que si bien tú no llevabas su sangre, sentía por ti el afecto de una madre, ya que fruto eras de su señor y esposo, por lo que me ofrecía un trato de gran beneficio para ambas: ella en adelante se haría cargo de tu crianza y, pues rica era y de condición poderosa, de nada estarías privado; de tal forma que borraría de ti el pecado de ser mitad indio y bastardo, y te llenaría de la gloria que don Fernando había conquistado. El espanto de su aborrecible propuesta me recorrió el cuerpo, pero, como si me hallara frente a un animal peligroso, procuré ocultarlo, y respondí con cautela:

> Mi señora doña Catalina es la esposa de mi Capitán Cortés, y segura estoy de que pronto Dios nuestro Padre bendecirá su vientre con el fruto de esa unión sagrada; yo, en cambio, nadie soy y nada poseo: mi sola felicidad es este pequeño, la razón de mi existencia, la luz de mis ojos, mi alegría entera. Antes te diera mi vida que al niño que parí con tanto sufrimiento para gloria de Cristo y del emperador don Carlos, pues aunque hijo de india sea, es de india conversa, y enseñado estará en la fe verdadera, y a mi lado nada le hará falta; y pues bien sé que no hay mayor pena que crecer sin una madre verdadera, preservarlo de semejante dolor es mi cristiana obligación.

Pálida de furia, Catalina amenazó con matarte, mas en ese momento entró don Fernando a la habitación y, rescatándote de sus brazos te entregó a mí y me ordenó ponerte a resguardo. Con el corazón agitado, corrí hasta mis aposentos y no pensaba sino en huir, presto, de aquel maldito lugar. Mis pensamientos volaban en pos de soluciones, pero mi extrema inquietud se vio súbitamente interrumpida por la presencia de tu padre; al instante supe que había sucedido algo terrible porque Cortés, pálido y sudoroso como después de una gresca feroz, se arrodilló mirándose las manos, extendidas hacia mí cual si mostrándome algo. Conocí entonces que, dominado por la rabia, había dado muerte a doña Catalina, mas fue para defenderte a ti, hijo, por lo que jamás deberás culparlo.

Quedamos abrazados en sepulcral silencio. Tu padre, exhausto, se durmió en mi regazo, pero yo ni por un instante logré cerrar los ojos. Víctima de una suerte de vértigo, como al borde de un abismo hondísimo, otra vez la adversidad me fustigaba. Comprendí que la muerte de Catalina no haría sino apartarnos: las acusaciones abrirían la puerta a los enemigos de Cortés, que no podría probar, sin imponer, su inocencia y la mía en este acto involuntario. Incluso si me fuera concedido hallar clemencia en la justicia de los hombres, Dios no podría perdonarme, pues en mi corazón había anhelado la muerte de esa mujer, lo que me hacía tan culpable como si mis propias manos se hubieran apretado en torno de su cuello hasta cortarle el aliento.

Vencida por la impotencia para alterar lo que ya hecho estaba, me di cuenta de que don Fernando, ahora viudo, quedaba en posición de realizar un nuevo enlace: recordé nuestra boda truncada y, por un fugaz momento, revivieron mis esperanzas, pero el pasado, Martín, jamás se recupera.

Mal que me pesara, yo era una esclava india que había prestado su ayuda, valiosa, sí, pero no tanto como para que mi presencia en palacio no suscitara recelo: bien podría ser culpable del crimen cometido contra una súbdita española. Si tan sólo fuera posible volver sobre mis pasos para procurar un desenlace distinto a esta historia. ¿Por qué no me habría sido dado detener a tiempo a tu padre, salvándolo y salvándome, igual que en otras ocasiones? Un instante: eso dura la alegría. En un instante se altera, para siempre, la ilusoria naturalidad de nuestra vida. Nada podía hacerse ya. En esas cavilaciones, hijo, inútiles y dolorosas, vi el amanecer de un nuevo, amargo día.

Con Cortés no sólo perdería a mi protector, sino al único hombre que admiré hasta la veneración, al mejor amigo que jamás tuve, a mi compañero de armas y de múltiples felicidades, al padre de mi hijo y a quien fue, de cierto, mi familia verdadera. Valeroso y esforzado, el máximo de los héroes me dio la libertad, el mayor don que pueda poseer persona alguna; yo la habría rechazado a cambio de su preciada compañía, pero escrito estaba que el momento de renunciar a don Fernando llegara.

Esa noche lo miré dormir como por vez última, acariciando sus cabellos y su frente despejada. Con suavidad extrema mis dedos recorrieron amorosamente la línea de sus cejas y de su perfil único, despidiéndome así de todos mis sueños de un futuro conjunto, del anhelo que más íntimamente albergaba: que me fuera concedido envejecer a su lado. Pasé, pues, esas horas finales velando en mi corazón al marido que perdí como si yo misma me hubiera convertido en un fantasma; llorando pues comprendía que jamás disponemos de nuestro destino y cuanto había deseado no era sino un torpe delirio insensato; llorando por tanta felicidad perdida.

Acepté, Martín, a Cortés sin ningún reparo: tal era la naturaleza de mi apego. Si conmigo cometió fallas, antes de hacerlo ya estaban perdonadas, y cada lugar que ocupé en su vida fue para mí un privilegio inesperado; pero esa última noche que pasé con mi señor, y el recuerdo de su abrazo enamorado, todavía hoy me consuela y me hiere al mismo tiempo, pues sin saberlo entonces poseía, y por algún motivo sólo lo comprendí cuando perdido estaba, un atributo que no por común resulta menos extraordinario, pues fue conmigo que tu padre aprendió lo que era tener para sí una mujer amada.

Carta vigesimoséptima

En la que se da cuenta de cómo vine a casarme con el hidalgo Juan Jaramillo, de mi segundo y final encuentro con mi madre, doña Marta, y del hijo de ella, Lázaro, y de muchos y penosos infortunios que nos acaecieron en el viaje.

Don Fernando logró alejar de nosotros la sospecha de haberle dado muerte a Catalina, pues varios testigos, que ya antes habían presenciado aquellos desmayos que con frecuencia padecía, dieron fe de su pobre salud; mas resultaba prudente mantenerme alejada de las intrigas de palacio, así que arreglamos que tú lo visitaras en México mientras que yo permanecería siempre en Coyohuacan. Fueron meses de recogimiento y de dedicación a mi tarea de madre, alejada del mundo salvo en escasas ocasiones, aunque a menudo acudían a mí los naturales del pueblo para encomendarme que dirimiera diferencias y, cuando el asunto lo ameritaba, los representara ante la máxima autoridad de la Nueva España. Pese a que mi afán de servir era genuino, y mucho placer me procuraba, no estaba exento de halago; actuaba regida por la vanidad.

El tiempo de bonanza llegó a su fin cuando mi Capitán, que encomendó a Cristóbal de Olid explorar las Hibueras a fin de descubrir un estrecho que uniera los Mares del Sur con los Mares del Norte, supo que aquél en cambio planeaba quedarse con el mando en las provincias y, poseído de rabia, envió un contingente de soldados a apresar al traidor. Antes de conocer por sus hombres que el entuerto estaba deshecho, don Fernando, impaciente, decidió viajar para darse la justicia que se le pretendía arrebatar.

Los leales y partidarios de Cortés le rogaron que no se marchara, por no poner en riesgo la paz que reinaba en México y, recordándole que durante su ausencia había ocurrido la matanza del tóxcatl, aquella torpe acción de Alvarado, lograron que aceptara acotar su viaje a la provincia de Coatzaqualco, desde donde podría tener más noticias del alzamiento. Pero tu padre era un hombre de obras, y ansiaba volver a dirigir a sus hombres en la gloria de futuras conquistas que le valdrían un mayor reconocimiento del emperador. Al lado de mi señor, que me señaló nuevamente como su lengua, volví a mi tierra natal.

Salimos de México con una colosal delegación. Tanto lujo innecesario resultaba ofensivo, pues con nosotros viajaban un repostero, encargado de las vajillas de oro y plata en que se servían los fastuosos banquetes, pajes, chirimías, sacabuches y dulzainas, amén de un volteador y un titiretero que hacían todo tipo de juegos y gracias para festejo de mi Capitán; el ejército estaba compuesto por más de tres mil guerreros y varios miembros de la nobleza mexicana, entre los que se hallaba mi enemigo Cuauhtémoc, al que Cortés llevó consigo a fin de asegurar la paz.

Fernando me daba un trato muy distinto al de antaño: guardaba conmigo una prudente distancia; sin embargo, lo acompañaba en las conversaciones que mantuvo con los muchos caciques que fuimos encontrando a nuestro paso, y yo les explicaba la grandeza del invicto emperador don Carlos y cómo hay en este mundo un solo, verdadero Dios, y lo hacía con tanto amor y tanta persuasión que, luego de escucharme, quedaban adeptos a la corona española y a la Santa Cruz. Volvía entonces a sentirme unida a mi Capitán en el pensamiento, y nuestros corazones latían al mismo compás, pero no eran sino pasajeros instantes sin arraigo, ráfagas de un viento fugaz.

En el camino a Coatzaqualco, don Juan Jaramillo, leal capitán y valeroso caballero, me reveló que, desde tiempo atrás, sentía por mí una honda inclinación. Aunque ardua tarea, hijo, es para una mujer la de vivir desprovista del amparo de varón, no me sentía merecedora del afecto de tan bueno y gentil señor. A Juan no le escapaba que yo había sido mujer de otro y, con todo, deseaba hacerme su esposa y darme la felicidad que hasta entonces tan esquiva me fuera; pero antes de responderle debía consultar a don Fernando y ser fiel a su consejo.

Cortés estaba de muy buen talante, pues lo recibían en todos los poblados con obsequios y festividades, de manera que, luego de oírme, me respondió:

> Marina, hija mía: tus servicios han sido para mí más valiosos que la conquista y el oro de esta tierra, y nunca olvidaré tu lealtad. Tú sabes cuánto te quiero, pero no sería justo impedir que un hombre noble y sincero te dé la honra que mereces, y aún más. Si ése es tu deseo, te entregaré confiado al hidalgo, y por cierto que vigilaré que se lleve a cabo una fiesta digna de tan feliz ocasión.

De inmediato dio a la comitiva el anunció de mi enlace, que se llevó a cabo en breve; el regocijo de indios y españoles fue mucho, y en algo compensó mi tristeza al ver con qué desprendida facilidad había obtenido su anuencia para mi boda con Juan. Y fíjate, Martín: tan desesperado era el deseo de enderezar mi suerte que nunca imaginé que cuanto me aguardaba era un trabajoso, lento y arduo descenso a los infiernos, que comenzó en cuanto pusimos pie dentro de mi tierra natal.

Una vez en la provincia en la que había dado mis primeros pasos, Cortés ordenó que se presentaran ante él los caciques de toda la región; éstos pronto arribaron al real con grande obediencia y los soldados los iban agrupando en torno a Cortés, a fin de que todos pudieran escucharlo recibirlos y explicarles el motivo de su presencia entre ellos.

Ese día, Martín, por algún motivo desconocido, me encontraba particularmente inquieta, como si un peligro acechara entre la multitud. Nunca antes, ni siquiera cuando los enemigos eran tantos, había tenido ese mismo temor, pues a mi Capitán y a su ejército se los respetaba en toda la tierra nueva; además nuestros soldados se mantenían siempre alerta y vigilaban cada movimiento de quienes se acercaban más de lo prudente a mi señor.

Acallando, pues, mis temores, que deseaba fueran completamente infundados, como siempre de pie junto a Cortés, me dispuse a traducir las palabras de mi Capitán y puse empeño tal a ello que por largo rato no hubo otra cosa que ocupara mi atención.

Pero de pronto me pareció reconocer un rostro entre los que ahí se congregaban; y tan hondo fue el impacto de esa visión fugaz que, antes de que me entrara en el entendimiento, primero sentí que se me helaba la sangre y luego que un feroz rubor me cubría las mejillas y el cuello.

Recuerdo que cerré los ojos, rezándole a Dios que se tratara sólo de una maligna imaginación, pero mi madre, que de ella se trataba, pronto se abrió paso hasta donde estábamos y, extendiendo los brazos, corrió en mi dirección.

Los soldados, que, como ya te dije, se mantenían en guardia, de inmediato le cerraron el paso; mas ni siquiera ellos pudieron dudar de nuestro parentesco, tan grande era el parecido de nuestros rostros.

Mi madre lloraba y se echó de bruces al suelo, clamando por su vida y pidiéndome perdón. Aunque mi Capitán no comprendía sus palabras, como todos los demás entendió perfectamente cuanto sucedía. Entonces se levantó de su silla y, parándose a mi lado, me miró silenciosamente y me tomó de la mano; eso bastó para aliviar mi corazón.

De pronto me vino a la mente que, de haber permanecido en Painala, yo me habría convertido en una mujer como ésta que se encontraba postrada a mis pies rogándome perdón pues, al verme rodeada de gente tan importante y tan finamente ataviada, supuso que se la había hecho traer para castigarla.

Sentí vergüenza de su llanto y las súplicas que me dirigía en lengua náhuatl y, pues la miraba tratando de ordenar mis sentimientos, no había reparado en mi hermano; era un muchacho apuesto, pero débil y delicado, y en seguida comprendí que vivía sometido a la voluntad de ella.

¡Qué lejos estaban ambos de la gallarda estampa de mi difunto padre! ¡Cuán raro me resultaba este encuentro, con el que, durante mis años de niña, había soñado tanto!

Yo recordaba a mi madre fuerte y robusta, de mirada dura, y lo que veía era una mujer pequeña y envejecida, llorando de miedo y de arrepentimiento. Pues don Fernando aguardaba mi respuesta acerca de lo que debía hacerse con ella, la levanté del suelo y, secándole las lágrimas, le dije:

> Señora: no sientas miedo de tu hija Marina; cuando me entregaste a los pochteca bien claro resulta que no sabías lo que hacías: ni entre las bestias hay madre, que así llamarse pueda, que no dé la vida por evitarle a sus crías un sufrimiento; y puesto que el Hijo del Hombre, nuestro Dios Verdadero, en su martirio sintió pena de quienes le quitaban la vida, ¿no estoy obligada yo a perdonar tus yerros, por graves que hayan sido éstos? No llores más, mujer; en cambio alégrate, porque al echarme de tu lado me procuraste un bien: Dios me ha hecho mucha merced de quitarme de mis idolatrías y hacerme cristiana para servirlo con mi fe. Mi vida ha sido buena en extremo: ahora tengo un hijo del Capitán General y Justicia Mayor de la Nueva España, el más grande conquistador y caballero, que es de nombre don Fernando Cortés, y él, que es mi amo y de cuantos habitan esta tierra, me ha casado con noble y cristiano caballero. Y más te digo: aunque me ofrecieran ahora ser cacica de todas las provincias del reino, no lo quisiera, pues en más estimo servir a mi marido y a mi amo Cortés y, con ello, a la Santa Cruz y al católico rey don Carlos. Así que en todo el mal que imaginas haberme causado no he hallado sino ventura, por lo que no hay ofensa de la que absolverte pueda.

Cuán cierto, Martín, es que el perdón purifica más a quien lo otorga que a quien se dispensa, pues luego de ese encuentro logré mirar atrás con ojos nuevos, y pude recordar sin amargura la infancia que me fuera arrebatada.

Mas qué gran alivio sentí cuando Cortés, contra toda cautela, dio la orden de seguir adelante hacia las Hibueras, por dejar atrás aquella historia que había debido ser la mía, por dejar atrás también la triste memoria de mi padre y el cariño que, cada día más fuerte, le guardaba.

Estaba ansiosa por poner distancia entre mi madre y yo, y hacerlo fue una liberación, aunque también me hundió en la tristeza saber que esta despedida era definitiva. No volvería a pisar la tierra donde había nacido, y no volvería a soñar con la ansiada reconciliación con mi hermano y mi madre. De ahora en adelante, en mi pasado no quedaría nadie de mi familia; y tú, Martín, mi propia sangre, tampoco tendrías a nadie, salvo por tu madre. Al salir de esa provincia sentí como si hubiera cerrado una pesada puerta imaginaria, que jamás abriría nuevamente.

Quería con desesperación olvidar mis penas y, pues me hizo feliz sentirme generosa, pensé que acaso era verdad que todo cuanto ocurrió en mi vida era porque estaba llamada a ser artífice de nuevas conquistas para gloria de Dios y de mi Capitán; mas me esperaban ciénagas de glaucas aguas y espesos pantanos bajo un sol que calcinaba, y selvas húmedas y tupidas.

Carta vigesimoctava

En la que se narra cómo, durante la marcha que mi Capitán emprendió a Las Hibueras, fue ejecutado Cuauhtemotzin por su gravísima traición.

En vez de seguir la costa, nos internamos en lugares de vegetación tan apretada que los guías trepaban a lo alto de los árboles para encontrar un sendero sólo para volver abajo más desconcertados: nada veían sino leguas pobladas de selva. Perdidos y famélicos, comenzamos a andar en círculos, sin saber hacia dónde dirigir nuestros pasos; la desesperanza pronto dominó al ejército, y cuando nos dimos cuenta de que moriríamos de hambre o de modorra o de la mortal picadura de las bestias ponzoñosas, que en ese lugar abundan, don Fernando recordó que llevaba consigo una aguja de marear, y fue así como por milagro nos libramos de seguir dando ciegas vueltas.

Andábamos muriéndonos de hambre cuando arribamos a la provincia de Acallan, donde felizmente nos recibieron los caciques con bastimento y nos informaron acerca de las rutas a seguir para alcanzar las Hibueras. Unos meses desde nuestra salida de México y ya la delegación se encontraba tan mermada que apenas se reconocía. Habían muerto cientos de indios tamemes de fatiga y necesidad de comida, y aquellos hombres de Castilla que nada sabían de trabajos y penurias. Se apoderaba de nuestros soldados un gran descontento y en secreto murmuraban que Cortés andaba como poseído, pues no reparaba en obstáculos, y antes con entusiasmo dirigía a los hombres hacia los más grandes peligros, construyendo puentes sobre los bravos ríos para darnos paso, con una temeridad que rayaba en imprudencia. Fue entonces, Martín, que Cuauhtémoc y sus señores mexica aprovecharon el malestar reinante y organizaron una conjura para matar a don Fernando.

Es cierto que había logrado perdonar a mi madre y a mi hermano, y por ello, una vez más, me gané la admiración del ejército; pero estaba lejos de tener el alma limpia de pecado. Un enemigo de años termina por convertirse un poco en nuestro dueño y no puedo negar que era rehén de mi odio hacia Cuauhtémoc. Por eso, cuando supe que éste había fraguado un plan para alzarse contra mi Capitán, la dicha me nubló el entendimiento. Escuché con atención el relato de los traidores que acudieron a mí para delatar a su emperador pero bien me cuidé de no revelar la felicidad que me producía tenerlo finalmente en mis manos.

¡Ser libre de Cuauhtémoc! ¡Con cuánta ansiedad había aguardado este momento!

Fui presta a transmitir las nuevas a mi Capitán, que lo sumieron en un apesadumbrado silencio. Con fingida serenidad le señalé cuán peligroso podría resultar que pasara por alto esa felonía, pues los fieros guerreros de México no desaprovecharían la oportunidad para alzarse contra el gobierno de la Nueva España, conquistada con tantos trabajos por la gracia de Dios y la grandeza de don Fernando: un crimen tal debía castigarse con la muerte pues, acéfala, la sublevación no tendría ya objeto. Insistí en que debía ajusticiar al traidor, para purgar nuevos alzamientos: su ejecución resultaría ejemplar para todo aquel que albergara en su corazón el sueño de reconstruir el sangriento y cruel régimen de los descendientes de Acamapichtli. Hablé con tanta convicción que mi Capitán, sombrío y fatigado, exigió que llevaran ante sí al acusado, y le demandó una explicación. Aquél protestó su inocencia; había prestado oído, sí, a algunos de los suyos que le sugerían conspirar para derrocar a los españoles cuando parecían vencidos ya por la selva, pero él se había negado, ordenando a sus señores que aceptaran su derrota con resignación. Contra su voluntad, Cortés dispuso que se le castigara con la máxima pena, pues se daba cuenta de que no podía cometer la torpeza de otorgar un perdón que la Nueva España toda vería como un signo de debilidad.

Al ajusticiamiento asistieron muchísimas personas, pero sólo se escuchaba el canto fúnebre de los tambores que acompañaron a Cuauhtémoc durante su recorrido final. No había rostro en el que no asomara la congoja, mas ninguno de sus valientes guerreros osó defenderlo; antes bien, durante la investigación que precedió al ahorcamiento, se denunciaron los unos a los otros, tratando de salvar el pellejo.

El último emperador de México, heredero de la tribu azteca a la que guió el diablo Huitzilopochtli, murió ahorcado de una ceiba, el árbol pochotl, que en el Mayab es símbolo de abrigo y denota la máxima autoridad, para que todos los presentes supieran que se estaba poniendo término a la dinastía que había dominado la tierra. Cientos de cirios iluminaban la noche, y se podía distinguir con total claridad en los pies de Cuauhtémoc las cicatrices del tormento con aceite hirviendo al que fue sometido por miembros de la Hacienda Real, para que revelara dónde se ocultaba el tesoro perdido de sus abuelos. Cuando sintió que la soga le rodeaba el cuello, el postrer rey de Tenochtitlan dijo:

> ¡Oh, Malinche: días había que yo tenía entendido que esta muerte me habrías de dar y había conocido tus falsas palabras, porque me matas sin justicia! Dios te la demande, pues yo no me la di cuando me entregabas tu persona en mi ciudad de México.

Del árbol sagrado de la tierra maya, donde tanto sufrí, pendía la figura agónica del hombre que aprendí a odiar; pero, en lugar del descanso esperado, se depositó en mi corazón un pesado fardo, y supe que había hecho un grave mal. Descansa en paz, Cuauhtemotzin, y que te hayan sido perdonados todos tus pecados, pues Marina no volvió a encontrar tranquilidad: si mientras vivías fui presa del odio, tu muerte me ató al remordimiento.

Luego de eso, mi Capitán tampoco fue el mismo. No lograba conciliar el sueño y, fatigado y nervioso, se levantaba del lecho para caminar, hablando consigo mismo como si estuviera falto de razón. Una noche, en el aposento principal de un pueblo cuyo nombre no recuerdo, rodeado de ídolos que no había tenido la voluntad de derribar, al levantarse del lecho no advirtió un hondo desnivel que tenía adelante y cayó; tan terrible fue el golpe que le partió la cabeza, mas todo lo sufría y lo pasaba sin decir palabra.

Finalmente llegamos a término de este viaje que no nos había reportado otra cosa que sinsabores y amarguras, y del puerto de Caballos navegamos hacia Trujillo, donde los españoles que ahí estaban narraron a Cortés cómo pusieron orden y dieron muerte a Cristóbal de Olid mucho antes de que saliéramos de Coatzaqualco. Todo nuestro padecimiento, el hambre y las desdichas, habían sido en vano. De Trujillo nos embarcamos con rumbo a la Nueva España, y Cortés dispuso que Marina y su marido, Juan Jaramillo, viajaran lejos de él, en nave aparte.

Carta vigesimonovena

Del nacimiento de María durante nuestro regreso a la Nueva España y de la segunda muerte de tu madre, doña Marina.

En ese viaje di luz a María, y qué distinto fue el nacimiento de mi hija al tuyo, Martín, aun cuando tanta alegría le trajo a Juan. Me encontraba terriblemente debilitada, y más todavía, afligida, pues es una desgracia dar a luz una niña en un mundo tan falto de justicia, por más que ella nos tenía, y era dulce verla en mis brazos y acunarla, pero su porvenir me consternaba.

Volvió don Fernando a México para descubrir que había ocurrido toda clase de tropelías, y con traición Gonzalo de Salazar y Pedro Chirinos se habían apoderado del mando, dando aviso falso de su muerte.

Para poner orden a los desmanes de éstos llegó desde España Luis Ponce de León, juez designado por el emperador don Carlos para abrir el juicio de residencia a mi Capitán. A pesar de que la audiencia real quedó suspendida debido al repentino fallecimiento de aquel justo señor, y de que muchas veces se requirió a tu padre que volviera a asumir como Gobernador de México-Tenochtitlan, éste siempre se negó. Y en fin, Cortés pasó esos años envuelto en intrigas, desgracias e infortunios, los que, sin duda, lo hicieron desear más que nunca volver a su patria natural.

Cuando supe que preparaba su viaje, se me puso en la cabeza que muy poco valía ya mi existir y, pues fatigosa y triste labor me resultaba la de ser esposa y encargada de hacienda, me hallaba cada día con menos voluntad de vivir.

Yo era impotente testigo de cómo iba deshaciéndose el concierto en que creía que, luego de vencido el imperio mexicano, se establecería, indestructible, el Reino de Dios en la nueva tierra, y fue tan hondo mi desencanto, tan triste mi abatimiento, que no hallaba la forma de purgar mi desconsuelo.

Dondequiera que iba encontraba gente tremendamente empobrecida, niños abandonados y huérfanos, vagabundos y limosneros. ¿Qué quedaba del pueblo elegido y del alma indómita y altiva de los guerreros mexica? No eran ya nadie: destruidos sus ídolos y templos, y el orgullo en sus creencias, se habían vuelto indolentes y cínicos, irreverentes y holgazanes, ruines, mentirosos y borrachos.

Durante nuestra ausencia de México, corrió el rumor de que dos espíritus malignos, el de don Fernando y el de Marina, se aparecían de noche en la plaza principal de México, penando por la muerte de Cuauhtémoc y la destrucción de la ciudad. Dejaron los mexicanos de visitar mi casa, salvo para pintar ofensas y dejar maleficios y hechicerías, como aquellos con los que intentaron disuadir a Cortés de alcanzar Tenochtitlan.

Yo recordaba la fastuosa capital a la que habíamos llegado, deslumbrados, hacía unos pocos años; ahora todo semejaba un caos. Los naturales de México parecían más barbáricos que nunca, pero no pude guardarles rencor; antes bien, sentía que algo de razón les asistía, y me ahogaba la necesidad de redimir su sufrimiento. ¿Mas cómo hacerlo, Martín, si llevaba mi propia miseria a cuestas y tan quebrantado el ánimo?

Entonces recordé el Hospital de la Sagrada Concepción y, con mucho trabajo, logré convencer a quien lo gobernaba de que me hallaba en tan mal estado que sólo podría salvarme dedicar mi vida a los más desamparados. Me escuchó con piedad y atención, pero dijo que precisaba consultarlo a mi confesor, pues una decisión de tal naturaleza no le correspondía examinarla.

Busqué rápidamente al franciscano que, desde hacía algún tiempo, me guiaba espiritualmente, y con él hablé de mi deseo de alejarme del pecado del mundo, de la tristeza que me procuraba no sentirme útil, de la necesidad de atención de los que nada tenían y a quienes sentía el deseo de prodigar la indigna miseria de mi amor y una devoción sin condiciones. El santo varón me puso a prueba, pero todo acepté y llevé a cabo, y finalmente se convenció de mi hambre de penitencia, y me permitió el ingreso, como voluntaria, a la orden que regía en el hospital de pobres.

¡Cómo enriqueció mi vida la consagración a los enfermos! Me parecía que cuanto había padecido, el sufrimiento de mi infancia, la crueldad de la esclavitud, las cien batallas libradas, la pérdida de don Fernando, incluso tu ausencia, hijo: todo se disipaba en ese lugar de auxilio y esperanza.

Mi dedicación, sin embargo, enfadó a mi marido, que deseaba una esposa más devota a las obligaciones de su hacienda; pero verme sometida a la voluntad de Jaramillo me resultaba un tormento insoportable. Ningún bien le procuraba a María, ni a don Juan; en cambio, ¡era tanto el consuelo que ofrecía a los desamparados! ¿No era eso signo de que mi Padre celestial me había dotado de la dicha de ayudar? ¿Y dónde estaba mi deber principal?

En el año del 20 y el siete apareció en el cielo una luz a manera de espada que no se mudó en toda la noche, y fue cuando azotó a la ciudad una pestilencia de sarampión y otra como de lepra que desfiguraba el rostro a quienes la padecían, infectándolos de tan nauseabundo hedor que no se podía sufrir su compañía: comprendí que Dios me estaba llamando, y no tardó en iluminarme con un plan.

Encontré en el hospital una india moribunda que se me parecía y, auxiliada por una sirvienta que me era leal, con sigilo aprendido de mi madre a tan corta edad, la hice pasar por mi persona. A contrapelo de la intriga que se fraguó cuando yo era niña, esta nueva conjura me liberó: falleció la india en pocos días y, pues nadie osaba ni acercársele, rápidamente se le dio cristiana sepultura como doña Marina.

No se rehusó mi ingreso definitivo al hospital, en parte porque la ayuda que yo brindaba ahí resultaba de mucha utilidad, y en parte porque con las joyas y dineros que tenía no solamente pagué mi dote, sino que alcanzaba para solventar otras deudas; además, todos me suponían muerta y no tenía dónde más ir.

Recluida y desembarazada, al fin, de la odiada mundanidad que me aprisionaba, me aboqué a servir a los demás; ningún trabajo, por expuesto o repugnante, bastaba para colmar mi sed de sacrificio y humildad; suplicaba a los demás que no me lo encomiaran, pues había sido por procurar alivio a mi alma que huí de halagos y de vanidad.

Entregada a las manos del verdadero rey del Cielo, cuando sentía que las fuerzas me escapaban, recordaba el suplicio de Jesús, ¡mi verdadero esposo celestial!, y nada resultaba suficiente para obtener su divina gracia. El amor de Cristo era mi inspiración y mi fuente de alegría, pero aún mi alma no encontraba la necesaria paz: aunque me matara a trabajos, y cerca estuve de lograrlo, no hallaba cómo socorrer al pueblo mexicano.

Fue entonces, Martín, que mis enfermos me abrieron los ojos al azote que destruía a esta gente: no los males del cuerpo y las epidemias, por más que mataran a tantos, sino la orfandad espiritual, la carencia de fe que asolaba a todos por igual. Ésta era la verdadera dolencia, y su poder de destrucción mayor aún que las siete plagas que mandó Dios sobre Egipto para castigar al cruel faraón; todos mis esfuerzos serían vanos si no lograba poner remedio a tan aciago mal.

Prendido en el pecho llevaba lo único que conservé al dejar atrás mi vida como doña Marina en Coyohuacan: una medalla de la virgen María que mi señor Cortés me dio en nuestra despedida final. Con ella bendecía a todos los dolientes y, en especial los niños, al verla la llamaban Tonantzin, Nuestra Madre, tras de lo cual se les iluminaba el rostro con una expresión de santa tranquilidad.

Es de una hermosura tan dulce, Martín, esta Virgen de tu padre y mía, tantas mercedes nos había procurado y de tantos peligros nos preservó, que su inmaculada imagen bastaba para aliviar cualquier padecimiento; era la más pura y cierta señal de la esperanza y del consuelo que le faltaba a México, no sólo para quienes carecían de la fe cristiana, sino para aquellos que, en secreto, mantenían sus creencias heréticas, aun cuando aparentaban llevar una vida católica y recta.

La Virgen, hijo: solamente ella, la madre de Dios en el cuerpo de Cristo, manifestación perfecta de clemencia y compasión a todos los que solicitan su amparo, reina del sacrificio silencioso y de la resignada aceptación, ella, que intercede por nosotros pecadores ante su Hijo divino, único redentor, y nos enseña a ir hacia Jesús, podía darle al pueblo de la Nueva España una nueva, verdadera libertad.

Carta trigésima
(Fragmento)

...pero ni una sola de esas curaciones milagrosas, Martín, fue resultado de nuestro esmero, ni de infusión alguna, sino de la santa efigie de la Virgen, que obra prodigiosamente en los enfermos, especialmente los niños, cuya mirada se ilumina al verla en el medallón que pende de mi cuello.

Entendí necesario informar de todo esto a la máxima autoridad religiosa de la Nueva España; mas nunca deberá el obispo conocer mi identidad, sino que ha de acudir él mismo al Hospital, pues mi palabra, aunque cierta y sincera, es insuficiente y él debe verlo por sí mismo. Por eso voy a enviarle la documentación de los hechos y la medalla que me dio mi Capitán.

También le diré, Martín, que acompañé a don Fernando Cortés en la conquista de la gran Tenochtitlan y que por mis servicios a la corona pude hacerme opulenta y poderosa, mas tomé la decisión de apartarme del mundo para alcanzar la verdadera riqueza de la consagración a Cristo y a su divina madre, y pues nada me ha procurado mayor plenitud que dedicar mis días a aliviar a otros sus penas, acaso por ello la Virgen ha dispuesto que sea yo, la más insignificante de sus hijas, el instrumento para manifestar su auxilio y su generoso amor por el pueblo de México, al que desea redimir y amparar.

Cada despertar siento que mis fuerzas menguan y sé que mis días en este mundo terrenal se acaban; pero esto me llena de alegría, pues anhelo encontrarme con el Creador y ponerle fin a las penas de este mundo. No temo tampoco por mis pecados, que he procurado limpiar mediante devoción y flagelo.

El pueblo mexicano es fuerte, orgulloso, de enorme valor, pero se sostiene todavía en engaños diabólicos, en falsos dioses, en blasfemas costumbres y heréticas tradiciones, y Jesús, al verlo, de seguro piensa:

> Este pueblo con los labios me honra,
> mas su corazón lejos está de mí.

Por ello es necesario abrirle un camino hacia las leyes de Cristo, y ese camino no puede ser otro que el de la santa María, mujer elegida por la gracia divina, bendita entre todas, sin tacha, sin pecado, que cargó gustosa su propia cruz por darle al mundo la encarnación de la Verdad.

No está en mi poder hacer más; confío en el mejor juicio de tan alta persona, el arzobispo Zumárraga, que sin duda sabrá encontrarle cauce a lo que con bondad inmerecida le ha sido revelado a tu madre, Martín.

El puente está construido; al buen pastor confío la conducción de su rebaño.

También tú, hijo: hazles ver a todos; si es necesario oblígalos a comprender que los niños han quedado huérfanos y desvalidos ante la enfermedad y la penuria que los rodea, y es menester actuar y protegerlos.

Y piensa que son tus hermanos más pequeños quienes están más expuestos, y que la gente se vale de ellos y luego los tira acá, cuando les han exprimido del cuerpo hasta el último aliento para mendigar. Llegan, Martín, con la boca henchida de llagas y los rastros de castigos en el cuerpo, la cabeza ladeada sobre un cuello flaco y blando como un junco. Con sus ojitos tristes y glaucos, los niños abandonados siempre tienen la boca abierta, esperando el alimento que nunca llega. ¿Qué pasará con ellos mañana, cuando del alma se les haya esfumado el ansia de ternura y crezcan llenos de odio y deseos de venganza?

Me han faltado fuerzas y determinación para vencer los males que aquejan a este pueblo, Martín, pero la Virgen velará por sus hijos y hará todo cuanto no he podido hacer yo.

Por eso, a pesar de todo, escribo esta carta emocionada, pues fui elegida para revelar que el alma de México está enferma, no de blasfemia sino de carencia; no por exceso, sino de necesidad; y que la Virgen ha encontrado en los niños de este pueblo una patria natural, pues, por prodigioso misterio, realiza en ellos una transmutación divina, uniendo a Tonantzin, la Nonantzine del panteón mexica, con la Madre verdadera del único Hijo del Hombre y de su santa Iglesia, y así logrará abrir los corazones, quebrar cuanto obstáculo resta para llevar a cabo la segunda conquista de los indios, la verdadera y cierta, la conquista espiritual.

Yo misma, ¿no soy prueba de su grandísimo poder de curación, pues me encuentro ahora más limpia que nunca, redimida por mi fe y mi penitencia?

No temo yo, ni sientas miedo tú, príncipe mío; en cambio piensa en este momento de despedirme no como una angustiosa separación, no como una nada, sino como si hubiera vuelto al cobijo de mi infancia, y en el jardín nocturno de mi casa florecieran de pronto todos los perfumes que me hacían sentirme dulcemente embriagada, protegida por la exuberante belleza de la que me arrancaron tanto tiempo atrás.

Imperceptiblemente, hijo, la noche se transforma en un amanecer de luminoso manto donde las estrellas brillan imperturbables, y mi padre las señala, y tomándome de la mano me lleva caminando por senderos de hojas resplandecientes y bestias mansas, y juntos alcanzamos un mar calmo, casi como un espejo de la superficie diáfana del cielo, y me ayuda a subir a una pequeña embarcación que se desliza por el agua sin ruido, con silenciosa suavidad, mientras yo me pregunto por qué no me importa su destino.

Y en ese deslizarme me acerco a otra embarcación de aspecto misterioso, la del dios Quetzalcóatl iniciando su ascenso hacia el oriente mientras la nave vacía se consume bajo un fuego purificador, y entonces siento que me roza las mejillas el aleteo suave de las alas de un ángel, cuyo rostro de tan puro esplendor es como contemplar la Eternidad, y su luz, con ser tanta, no me ciega, y el ángel tira de mí sin esfuerzo y me eleva, y mis pies descalzos apenas tocan la superficie insonora del agua, y me alcanza hasta la costa donde está, sonriente, Cuauhtémoc, y cuando lo miro a la cara y quiero pedirle perdón él me lo impide sin palabras, y tras de Cuauhtémoc se encuentra Motecuhzoma, y en ambos hay una sabia ternura: la reconciliación.

Y vuelve Fernando a encerrar mis manos entre sus manos, y sé que será el último hombre en tocarme; él, que ha conocido la región ignota de mi alma, quien más dolor me ha causado y también la mayor felicidad, pues nos fue dado compartir una vida, y verlo no me produce sino confianza, y me abandono al amor que aún me inflama, sin falso orgullo, sin vanidad y sin espanto del mañana, pues éste es el futuro; éste es el final; éste es el hogar que toda mi vida ansié hallar.

Recuerda así a tu madre, Martín: como una mujer profundamente dichosa; no en mi interior, pues ya nada me diferencia de la paz del mundo: idos para siempre son el afuera y el adentro, mortales enemigos de quienes buscan a Dios, y mi corazón palpita sin emoción, o con la verdadera emoción que es la paz del Señor; y es como si las cosas, todas las cosas, el reino animal, vegetal y humano, se hallaran detenidas; no inmóviles sino quietas, cual si su perfecto funcionamiento estuviera a cargo de una mágica máquina de precisión divina, y en ese descansar de las cosas no cabe la presencia de Ehécatl, el dios-niño que hace de nuestro devenir un viento mudable y azaroso.

Las palabras, que me han servido de guía, que yo creía que me habían servido de guía, ya no tienen sentido, y comprendo cuán tontamente les di importancia, pues al pronunciarlas me forjé un destino. Traición, abandono, pérdida, renuncia, dolor, redención: nada quieren decir. Pienso en quienes le han dado significado a mi vida y éstos, quedamente, hacen su aparición; también mi hijo, niño y feliz, corre a mis brazos, y sin sombra de pena lo veo partir nuevamente a ocuparse de sus juegos y de su tierna inocencia.

Estoy rodeada de ángeles, y todo cuanto aquí hay es transparente, luz acendrada de la luz celeste, y me siento entrar a un nuevo mundo, una luminosa realidad de ser en pureza en la que ya no es necesario esmerarse por existir sino como presencia continua: el ser fundiéndose en el estar, un magnífico, hermoso y silente himno a la vida.

Extiendo las manos y ofrezco la frente al Quinto Sol, que me abrasa el corazón sin causarme ningún dolor. En este gozo celestial no hay lugar para los recuerdos ingratos, ni para remordimientos, que han quedado tan lejos, y ahora me doy cuenta de que Malinali y Marina no fueron sino nombres del tiempo, y he alcanzado una unidad que no es necesario comprender: he alcanzado el perdón.

Testamento de doña Marina

Yo, la princesa Malinali, legítima heredera del cacicazgo de Painala, lengua y mujer de Fernando Cortés, esposa de don Juan de Jaramillo, madre de Martín y de María; yo, que recibí el sacramento del bautismo por el que fui conocida como doña Marina, digo: *In ica y tocatzin tetatzin yuan tepiltzin yuan espiritu sancto nicpeualtia in notestamento,* En el nombre del Padre y del Hijo y del Espíritu Santo, comienzo mi testamento.

Sepan todos que nací como Malinali Tenepoalti y fui bautizada luego por la gloria de Dios con el nombre cristiano de Marina, y vivo aquí en México-Tenochtitlan, y aunque mi cuerpo está enfermo, mi corazón, mi voluntad, mi pensamiento, mis oídos están bien.

Y estoy esperando la muerte, de la que ninguno puede escapar, la cual a nadie abandona. Por esto dispongo mi testamento, que es mi postrera y última voluntad, para que se guarde siempre, y que nadie la contravenga. Ésta es, he aquí que la comienzo.

Primeramente mi alma la pongo en manos de nuestro Señor Dios que la crió y le ruego que me dé por merced el perdón de mis pecados y me lleve a su morada en el Cielo cuando mi espíritu abandone mi cuerpo. Y mi cuerpo lo dono a la tierra, pues de ella salió, y tierra es, y es lodo.

A mi hija, María Jaramillo, dejo las propiedades con sus tributos que el reino de España, a través de mi señor don Fernando Cortés, por los servicios brindados me dio, y el solar y la casa que en él se asienta, y que no haya conflicto en ello por no ofender a Dios.

Queda en manos de su padre, que cuidará siempre de ella y verá que sea enseñada en la religión católica para gloria de nuestro Señor Jesucristo.

Y a mi hijo, Martín Cortés, por quien velará don Fernando, pues su hijo legítimo es según el santo padre de la iglesia en Roma, digo:

Que Marina fue princesa en Painala, y ahí heredé el cacicazgo de mi padre al ser hija primogénita; que mi madre, al enviudar, volvió a tomar marido y tuvo de éste un hijo varón; que por darle a ese hijo mi herencia fui vendida a los pochteca a la edad de siete años, y que éstos me llevaron a la tierra maya, donde fui sometida a esclavitud.

Que a la edad de 15 años fui entregada a don Fernando Cortés y desde ese día en adelante, luego de ser adoctrinada en las enseñanzas de la venerable fe católica y romana, le fui leal a mi señor y Capitán, acompañándolo en todas las batallas que peleó, y que, luego de vencer a Narváez, fuimos casados por el padre Olmedo, pero ese matrimonio se anuló.

Que de esa unión naciste tú, Martín, hijo de conquistador y conquistada, lo que debes guardar con orgullo en tu corazón, pues no fui por las armas ganada, sino por la verdad de las leyes sacras; por el afán de vencer al imperio mexicano y devolverle a esta tierra la libertad que aquél le arrebató; por el anhelo de construir un mundo que fuera justo, equitativo y bueno.

Que fracasé en comprender que las leyes de Dios se rompen a diario por los hombres, pero no en saber que por ello no son peores, pues lo que importa es que se conozcan y que existan como obligación.

Que cometí muchos pecados, aunque guiada por un exceso de celo en ocasiones, por vanidad en las más todas; que me arrepentí de mis faltas y traté de enmendarlas con amor.

Que el pueblo de México padece el peor de los males que pueda sufrir pueblo alguno, pues enfermo está de pena y de vergüenza por haber sido derrotado por la espada justiciera de Dios.

Que he rogado a la Virgen que no desampare a sus hijos, pues inocentes son.

Que los mexica defendieron su imperio con dignidad y valor, y si logramos vencerlos fue sólo porque la soberbia los hizo olvidar que lo único que puede legitimar a un reino es la piedad.

Que fueron muchos los pueblos de la Nueva España que se unieron al ejército de Cortés, pues estaban cansados de padecer las injusticias del cruel régimen mexicano, y nunca por ello deben tener remordimientos, pues quien lucha por la libertad lucha por Cristo, nuestro Señor.

Que ahora es tiempo de redención, pues el alma del pueblo se halla extraviada y es necesario, hijo, que sepas ser su pastor.

Que te dejo la ardua obligación de vigilar que el nuevo reino no caiga en el error de venerar a los hombres en vez de respetar las leyes de Dios.

Que no olvides nunca que tu padre y tu madre unidos fueron por la misma, única ambición, que fue la de crear una patria sin igual, con la altiva gallardía de los mexica y la devoción y el espanto de Dios de los cristianos.

Que te buscarán y te acosarán, pero no has de temer a nadie, sino sólo has de temer al Creador. Y deberás sostenerte en tu lucha, haciendo honor a tu nombre y al nombre de tus progenitores, y recordarás que fue en defensa de la dignidad de una nación que peleamos y vencimos a los opresores, y que lo mismo habrás de hacer tú.

Y no temas jamás la persecución, pues sólo sienten miedo el impío y el tirano, no el hombre que ha sido justo y sincero; y si te ofrecen a cambio de esta cruzada oro, riquezas y poder, recházalos, pues tu ejemplo guiará los pasos del pueblo, y si caes, caerán contigo cientos, pero si te mantienes firme, serán firmes los que te escuchen, y volverán a sentir orgullo de sus padres, de su origen, de todo cuanto es verdadero.

Recuerda siempre las palabras del Señor: *Y seréis aborrecido de todos por mi nombre: mas el que persevere hasta el fin, éste será salvo.*

Tú, Martín Cortés, hijo de Malinche, tienes en la sangre al pueblo nuevo de Dios: sostén el orgullo de ser quien eres; lleva siempre en alto la frente; haz comprender a todos que no hay vergüenza alguna que pueda mancillar a quien sabe dar su vida por la libertad.

Complemento

Aclaración

El significado en español de las palabras en lengua náhuatl y, en algunos casos, su gramática, han sido tomados del *Diccionario de la lengua náhuatl o mexicana* (en adelante, DNM) de Rémi Siméon (México, Siglo XXI Editores, 1977).

Las citas tomadas de la *Santa Biblia* pertenecen al texto publicado por las Sociedades Bíblicas Unidas (Gran Bretaña, 1954).

Carta primera

1. **Martín Cortés** (*circa* 1522-1568). Hijo del conquistador español Fernando Cortés y su intérprete indígena Malinali.
2. **Marina.** Nombre cristiano con el que fue bautizada Malinali.[1]
3. **Tenepoalti.** "Lo que da orgullo, presunción, que conduce al engreimiento" (DNM).
4. **Tenochtitlan.** "Capital del imperio mexicano, fundada en 1325 por *Tenoch;* hoy México. [...]" (DNM).
5. **Nueva España.** Nombre que Cortés dio a México.
6. **Malinali.** "Torcer algo sobre el muslo" (DNM).
7. **Malintzin.** Contracción de *Malinali* y *tzin,* "Sufijo que indica respeto, afecto, protección, etc." (DNM).
8. **Katún.** Cifra maya, equivalente a 20 años.
9. **Juan Jaramillo.** Soldado de Cortés que desposó a Marina.[2]
10. **Ahuehuete.** Ciprés dístico, vulgar ciprés calvo.

---

1. Sobre el bautismo de Malinali y la cristianización de su nombre véase *Hernán Cortés,* de José Luis Martínez (México, Fondo de Cultura Económica, 1990, p. 62).

2. Acerca de la relación de Jaramillo con Marina, véase *ibídem*, pp. 167-168.

11. **Náhuatl.** "Nauatl o nahuatl: [...] *Ling.* Lengua mexicana, es decir, lengua armoniosa, que agrada al oído" (DNM).
12. **Malinche.** "Nombre dado por los indígenas a Cortés, en alusión a la indígena Malinali" (DNM).
13. **Coatzaqualco.** "Provincia marítima del litoral del golfo de México, al este de la provincia de Cuetlachtlan" (DNM).
14. **Culhúa.** "Colhua o culhua: Habitante de Colhuacan" (DNM).
15. **Motecuhzoma.** "Moteuhçoma: 'El que se enoja como señor'. Nombre de dos soberanos de *Tenochtitlan: Moteuhçoma I,* o el viejo, llamado *Ilhuicamina*; *Moteuhçoma II,* llamado *Xocoyotl* o *Xocoyotzin,* es decir, el joven" (DNM).
16. **Cuitláhuac.** "Cuitlahuac o Cuitlahuatzin: Hijo del rey *Axayacatl,* fue primero señor de *Iztapalapan* y después rey de *México.* (Clav.)" (DNM).
17. **Cuauhtémoc.** "Quauhtemoc o Quauhtemoctzin: Sucesor de *Cuitlahuatzin* en el gobierno de México" (DNM).
18. **Painala.** "Painallan: Población de la provincia de *Coatzacualco,* patria de la india Malintzin" (DNM).
19. **Huehuetlahtolli.** "Tlatolli: *ueue tlatolli*: Historia antigua, discurso, exhortaciones de los antiguos" (DNM).
20. ***"Aquí estás, hijita..."*** El texto completo se encuentra en *Literaturas indígenas de México,* de Miguel León-Portilla (México, Fondo de Cultura Económica, 1995, pp. 212-214).
21. **Ehécatl.** En la mitología azteca, el dios del viento, identificado con Quetzalcóatl. Véase Edgar Royston Pike: *Diccionario de religiones* (México, Fondo de Cultura Económica, 1986).

Carta segunda

1. **Coatlimeca.** De acuerdo al "Mapa del imperio azteca en vísperas de la conquista", en *Hernán Cortés,* de José Luis Martínez (México, Fondo de Cultura Económica, 1990).
2. **Tlapalizquixóchitl.** "Flor con rayas rojas" (DNM).
3. **Cem-anáhuac tlatoani.** "Tlatoani: *cemanahuac* o *nouina tlatoani,* gobernador del mundo" (DNM).

4. **Tlacatecuhtli.** "Tlacatecutli o tlacateuctli: Señor, dueño, soberano" (DNM).
5. ***"Aun el jade se rompe…"*** Texto original en *Pöesía indígena de la altiplanicie* (Selección, versión, introducción y notas de Ángel María Garibay K., México, Universidad Nacional Autónoma de México, 1982, p. 168).

Carta tercera

1. **Mayab.** Península maya, fue erróneamente nombrada *Yucatán* por los españoles.
2. **Tabasco.** Provincia de México donde Malinali fue entregada a Cortés.
3. **Quetzalcóatl.** "Quetzalcoatl: Dios del aire, representado bajo la forma de serpiente, emblema de los vientos y de los torbellinos, recubierta de plumas y de quetzalli, que representaban los céfiros y las nubes ligeras" (DNM).
4. **Tezcatlipoca.** "Tezcatlipoca (náhuatl, 'espejo humeante'). Uno de los dioses más importantes del México antiguo; dios tutelar de la ciudad de Texcoco. Era un dios creador y originalmente personificaba el cielo nocturno; por ello, estaba relacionado con todos los dioses estelares, con la luna y con los de la muerte, la maldad y la destrucción" (Edgar Royston Pike: *op. cit.*)
5. **Téchcatl.** "Techcatl: Piedra sobre la cual se verificaban los sacrificios humanos" (DNM).
6. **Huiztilopochtli.** "Huitzilopochtli (náhuatl, 'colibrí hechicero'). El dios principal de los aztecas del antiguo México, dios-sol y dios de la guerra. [Era…] el dios tutelar de la ciudad de México" (Edgar Royston Pike: *op. cit.*)
7. **Tatli.** "Padre" (DNM).
8. **Petlacalli.** "Cofre, caja, especie de jaula hecha con cañas y cuero [petaca]. Fue uno de los regalos que Teuhtitle, gobernador de la provincia de Cuetlachtlan, hizo a Cortés (*Clav.*); en *s.f.* corazón" (DNM).

9. **Tlapalli nochtli.**[3] "Tlapalnochtli: Especie de nopal de color escarlata (*Hern.*). R. Tlapalli, nochtli" (DNM).
10. **Ponctunes.**[4]
11. **Pochteca.** "Pochtecatl: Comerciante, traficante" (DNM).
12. ***"Ye on-ixtlauh..."*** La expresión se halla en DNM bajo la palabra *tayotl.*
13. **Tianquiztli.** "Mercado, plaza" (DNM).
14. **Mictlan.** "Infierno o en el infierno" (DNM).[5]
15. **Tlatocayotiani.** "El que estima, fija el precio de una cosa" (DNM).
16. **Piciyetl.** "Picietl: Tabaco ordinario cuya planta es muy pequeña y usada en medicina" (DNM).
17. ***"Por más que haya sido hecha esclava..."*** (tomado de *Poesía indígena de la altiplanicie,* op. cit., p. 95).
18. **Hibueras.** Honduras.
19. **Acalli.** "Barco, barca, chalupa, embarcación; lit. casa de agua" (DNM).

Carta cuarta

1. **Notatzine.** Véase "Introducción", p. LXXXVI (DNM).
2. **Dzul.** "Extranjero" en maya (*cf.* Chilam Balam de Chumayel).
3. **Copal.** "Copalli: Copal, árbol que produce una resina llamada goma-copal; por ext. incienso, barniz" (DNM).
4. **Caxtilteca.** Véase "Introducción", p. LXXX (DNM).
5. **Calli.** "Casa, habitación, bohio, caja" (DNM).
6. **Nezahuapilli.** Rey de Tezcoco y experto en artes ocultas, pronosticó a Motecuhzoma la destrucción de México. Sobre este y otros presagios, véase José Luis Martínez, *op. cit.,* cap. 1.

---

3. N. de la A.: En sentido figurado, *tlapalli* significa "nobleza de linaje", por lo que la expresión de Marina señala que el águila mexicana se alimenta de corazones de nobles.

4. Para ver la influencia de los ponctunes o putunes, véase *Historia y religión de los mayas,* de J. Eric S. Thompson (México, Siglo XXI Editores, 1979).

5. También en el *Diccionario de las religiones* de Edward Royston Pike: "Entre los aztecas del México antiguo, mundo subterráneo donde moraban los desaparecidos. Allí reinaba Mictlantecuhtli y era el lugar de la oscuridad, de la noche, de la tierra y de la muerte, en oposición a la luz, al día y al cielo".

7. **Tezcoco.** Junto con México y Tlacopan o Tacuba, uno de los señoríos de la Triple Alianza (imperio México-Culhúa), cuyo control comprendía casi 40 reinos a la llegada de los españoles.
8. **Técpatl.** "Tecpatl: Sílex, cuchillo de sacrificios [...] En el calendario, indicaba los años de cuatro en cuatro [...]" (DNM).
9. **Tlacahuilome.** Fantasmas (*cf.* José Luis Martínez, *op. cit.*, p. 36).
10. **Xiutecuhtli.** "Señor del año o de la hierba. Dios del fuego que tenía diversos nombres" (DNM).
11. **Papantzin.** "Princesa, hermana del rey Moteuhçoma II; se dice que resucitó y predijo al monarca el fin del imperio" (DNM).
12. **Acatl.** "Caña. Cal. Nombre de año y de día" (DNM).
13. **La Española.** Isla de Santo Domingo.

Carta quinta

1. **Tonantli.** "Madre", otra forma del término *Tonantzin*; sobre el significado de éste, véase la nota 1 de la *Carta vigesimonovena.*

Carta sexta

1. **Teocuitlatl.** "Oro o plata" (DNM).
2. **Teotlahtoli.** "Teotlatohli o teuhtlatulli: Palabra divina" (DNM).

Carta séptima

1. **Teuhtlile.** "Gobernador de Cuetlachtlan, quien, junto con Cuitlalpitoc, fue el primero en acoger a Hernán Cortés (*Clav.*)" (DNM).

Carta octava

1. **Kukulcán.** En maya, "Serpiente emplumada", otro nombre del dios Quetzalcóatl.
2. **Tlacuiloani.** "Escritor, pintor" (DNM).
3. **Amatl.** "Papel, carta" (DNM).

Carta novena

1. **Nahuatlato.** "Nauatlato: Intérprete, el que habla nauatl" (DNM).
2. **Totonaca.** "Totonacatl: Totonaca, habitante de la provincia de Totonacapan" (DNM).
3. El concepto de ***guerra justa*** está ampliamente desarrollado en la obra de Lewis Hanke *La lucha por la justicia en la conquista de América* (Buenos Aires, Sudamericana, 1949); véase en particular la *Parte cuarta.*
4. **Bernal Díaz.** Soldado de Cortés; escribió *La historia verdadera de la conquista de la Nueva España.*

Carta décima

1. **Tamemes.** "Tlameme: El que lleva fardos sobre las espaldas, cargador" (DNM).

Carta decimoprimera

1. **Aztlán.** "Aztlan: Lugar ocupado por los aztecas en sus orígenes, cuyo emplazamiento, objeto de numerosas búsquedas, sigue ignorado" (DNM).
2. **Acamapichtli.** "Acamapich, Acamapichtl o Acamapitzin (por Acamapichtzin) El Viejo. Rey de Colhuacan (*Chim.*) || El Joven: primer rey de México (*Chim. Clav.*)" (DNM).
3. **Tlillan Tlapallan.** "El lugar del negro (*tlilli*) y el rojo (*tlapalli*), señala la escritura" (DNM).
4. **Itzcóatl.** "Itzcoatl o Izcoatl: Hijo natural de Acamapich y cuarto rey de Tenochtitlan" (DNM).
5. **Tlacaéllel.** Hermano de Motecuhzoma el Viejo.[6]
6. ***"Aquí ha de ser engrandecido..."*** Texto reproducido en Chris-

---

6. Sobre la importancia de Tlacaéllel en la formación de México, véase Christian Duverger: *El origen de los aztecas,* capítulo II: "Motecuhzoma I y la búsqueda de Aztlán" (México, Grijalbo, 1987).

tian Duverger, *El origen de los aztecas* (México, Grijalbo, 1987, p. 170).

7. **Tzompantli.** "Decimoctavo edificio del gran templo de Tenochtitlan, que consistía en tres o cuatro vigas atravesadas por barras a las que fijaban las cabezas ofrecidas al dios Tezcatlipoca. || El edificio quincuagésimo sexto llevaba el mismo nombre y contenía las cabezas de los que eran inmolados en la fiesta del dios Yacatecutli" (DNM).
8. **Xocoyotl, xocoyotzin.** "El último, el más joven de los hijos. Sirve para designar a un personaje que es el último de su nombre, como Moteuhçoma Xocoyotl, el último Moteuhçoma, Moteuhçoma II o el joven" (DNM).
9. **Huehue.** "Ueue: Viejo, antiguo" (DNM).
10. **Tecuichpo.** "Tecuichpotzin: s. rev. de Tecuicpochtli. Hija de Moteuhçoma II, que se casó con su primo Quauhtemotzin" (DNM).
11. Sobre la preocupación de Motecuhzoma acerca del destino de sus hijos, véase Hernando de Alvarado Tezozómoc: *Crónica mexicana* (Madrid, Historia 16, 1997, p. 448).
12. **Tetzahuitl Huitzilopochtli.** "Tetzauitl o tetzahuitl. Espanto; [...] Nombre dado al dios Uitzilopochtli" (DNM).
13. ***"¡Ay, canto tristes cantos...!"*** Texto en José Alsina Franch: *Mitos y literatura azteca* (México, Alianza Editores, 1989, p. 124).
14. ***"Dentro de la primavera..."*** *Ibídem,* p. 128.

Carta decimosegunda

1. **Catalina Xuárez.** Primera esposa de Fernando Cortés. Sobre su casamiento y las diferentes versiones de su muerte, véase José Luis Martínez: *op. cit.,* cap. XIII.
2. ***"Mediante nuestro señor Jesucristo..."*** Texto completo en Bernal Díaz del Castillo: *Historia verdadera de la conquista de la Nueva España* (Madrid, Instituto Gonzalo Fernández de Oviedo, 1982, p. 111).
3. **Mexitin.** Designación empleada por Christian Duverger: *op. cit.*

Carta decimotercera

1. **Catalmi o Caltanmi.** Valle cercano a Xocotla o Zautla, cuyo cacique era Olíntetl u Olintetl (véase José Luis Martínez: *op. cit.*, p. 209).
2. **Olíntetl.** "Señor de Xocotla, quien recibió a Cortés con firmeza y dignidad" (DNM).
3. **Isla Fernandina.** Cuba.
4. ***"Señores y compañeros..."*** Texto completo en Bernal Díaz del Castillo: *op. cit.*, pp. 118-119.

Carta decimocuarta

1. **Xicoténcatl.** "Xicotencatl: Señor de Ticatlan, uno de los cuatro gobernadores de la república de Tlaxcala; [...] su hijo, del mismo nombre, era muy valiente; combatió con ardor contra los españoles" (DNM).
2. ***"Omne regnum..."*** Texto completo en Hernán Cortés: *Cartas de relación de la conquista de México* (Madrid, Espasa-Calpe, colección Austral, 1970, p. 46).
3. **Tizatlacatzin.** "Tiçatlacatzin: Capitán famoso de la república de Tlaxcallan que murió defendiendo a su país contra las tropas de Moteuhçoma II" (DNM).

Carta decimoquinta

1. **Nanaualtin.** "Naualli: Brujo, bruja, mago, hechicero, nigromante; pl. nanaualtin" (DNM).

Carta decimosexta

1. **Cholollan.** "Estado del Anahuac; cap. del mismo nombre, situada al oriente de Chalco, notable por su gran templo consagrado a Quetzalcoatl, cuyas ruinas persisten; hoy Cholula" (DNM).

2. **Huexotzinco.** "Uexotzinco: Estado del Anahuac, cap. del mismo nombre (*Clav.*)" (DNM).
3. ***"Nantontli..."*** El episodio se encuentra en Bernal Díaz del Castillo: *op. cit.*, p. 162.
4. ***"Polvo eres..."*** *Génesis* 3:19.
5. ***"Jehová es mi pastor..."*** *Salmo* 23:1-4.

Carta decimoséptima

1. **Tlacohcacaltzin.** "Tlacochcalcatzintli: S. rev. de *Tlacochcalcatl.* General, capitán" (DNM).
2. **Axayácatl.** "Axayacatl: Hijo de Teçoçomoc y de Matlalatzin, sexto rey de México" (DNM).
3. **Ahuizotl.** "Octavo rey de México" (DNM).
4. ***"Qué es lo que haces..."*** Texto completo en Hernando Alvarado Tezozómoc: *op. cit.*, pp. 445-446.
5. **Tlachpanani.** "Barrendero, el que barre" (DNM).
6. ***"Debe saber Motecuhzoma..."*** Texto completo en Hernando Alvarado Tezozomoc: *op. cit.*, p. 443.
7. **Tlauhquechol.** "Ave acuática muy parecida al pato y notable por el esplendor de sus plumas rojas; vive y se alimenta de pescados; también se le llama *teoquechol, quechotli;* magnífica, rara, divina (*Hern. Sah.*) En *s.f.* niño gracioso, querido, señor bien amado (*Olm.*)" (DNM).
8. **Xiuhuitzolli.** "Corona, mitra, diadema adornada con piedras preciosas" (DNM).
9. **Copilli.** "(*Clav.*) Corona parecida a una mitra que servía para la coronación de los reyes. Era alta y acabada en punta en medio de la frente; la parte de atrás colgaba sobre el cuello" (DNM).
10. **Acapitzactli.** "Junco, especie de carrizo blanco" (DNM).
11. **Xiutilmantli.** "Manto blanco y azul que los reyes de Tenochtitlan llevaban dentro de su palacio" (DNM).
12. **Totoquihuaztli.** "Nieto del rey Teçoçomoc, que el monarca Itzcoatl hizo rey de Tlacopan" (DNM).

13. ***"Ya amaneció..."*** Texto completo en Hernando Alvarado Tezozomoc: *op. cit.*, pp. 355-356.
14. ***"Señor nuestro..."*** Texto completo en *Visión de los vencidos,* cap. VIII (México, Universidad Nacional Autónoma de México, disponible en ‹http://biblioweb.dgsca.unam.mx/libros/vencidos/›).

Carta decimoctava

1. **Huitzillan.** Sobre el primer encuentro entre Motecuhzoma y Cortés, véase *Visión de los vencidos, op. cit.*, cap. VIII.
2. **Hospital de Nuestra Señora de la Concepción**, hoy Hospital de Jesús.
3. **Tlahuican.** "Provincia situada al sur de la ciudad de Tenochtitlan; cap. Quauhnauac" (DNM).
4. **Colhuacan.** "Nombre dado a varias localidades célebres en los anales mexicanos; una de ellas, situada al sur de México, cerca del paso que unía el lago de Chalco al de Tezcuco, fue el asiento de un importante señorío" (DNM).
5. **Huitzitzilin.** "Uitzitzilin: Colibrí del que se conocen varias especies que se distinguen por su tamaño y sobre todo por su color" (DNM).
6. **Tonatiuh.** "Sobrenombre dado por los indios al general español don Pedro de Alvarado, a causa de la blancura de su tez y del brillo de sus cabellos rubios" (DNM). También, "el sol. Dios solar azteca, relacionado con Huitzilopochtli y Tezcatlipoca" (Edgar Royston Pike: *op. cit.*).

Carta decimonovena

1. **Toxcatl.** "Quinto mes del año que correspondía al fin de abril y a la primera quincena de mayo. El primer día se celebraba una gran fiesta en honor del dios Tezcatlipoca; se sacrificaba a un joven cautivo que había sido cuidado y engordado durante un año. Ocho días después tenía lugar la primera fiesta consa-

grada al dios Uitzilopochtli (*Sah.*) No se está completamente de acuerdo sobre la palabra *toxcatl.* Betancourt la traduce por [resbaladero], Orozco y Berra dice que se deriva de la costumbre que tenían, en ocasión de la fiesta de Tezcatlipoca, de llevar collares y guirnaldas hechas con los cabellos del maíz. Esa cuerda era el símbolo de la sequía tan temida por los mexicanos" (DNM).

2. **Tecatzin.** Véase *Visión de los vencidos,* cap. IX.

Carta vigésima

1. **Notonalecapo.** "Tonalecapotli: Amigo íntimo. En comp.: notonalecapo, mi amigo íntimo" (DNM).
2. **Matrimonio de Marina y Cortés.** Acerca de esa hipótesis, vale la pena reproducir el siguiente texto de Manuel Mestre Ghigliazza:[7] "Entre varios manuscritos del abate Clavijero, que poseía el finado presbítero D. José Antonio de Alzate, eruditísimo mejicano [sic] y socio literario correspondiente de la Real Academia de las Ciencias de París, con quien tuve muy estrecha amistad, leí una disertación titulada: DEMOSTRACIÓN DEL LEGÍTIMO MATRIMONIO QUE CONTRAJO HERNÁN CORTÉS CON DOÑA MARINA. Fr. Bartolomé de Olmedo, varón apostólico, fue quien los casó, sabida la noticia por los soldados de Narváez del fallecimiento de la primera mujer de Cortés [...]"
Cabe acotar que Mestre Ghiliazza expresa dudas acerca de la autenticidad del enlace en la siguiente nota (27) al pie de página de su *Historia de Tabasco.*

Carta vigesimoprimera

1. La cifra de **cien combates** se encuentra en Manuel Mestre Ghigliazza: *op. cit.,* pp. XVIII-XIX.

---

7. Manuel Mestre Ghigliazza: *Historia de Tabasco* (México, Universidad Juárez Autónoma de Tabasco, 1984, tomo I, p. 55, nota 26).

2. **Tezcoco.** "Tetzcoco o Tetzcuco: Ciudad situada al NE de Tenochtitlan, en la laguna y al pie de las montañas que la bordean al este, capital del imperio chichimeca que llevó primitivamente el nombre de Acolhuacan. Según Sahún, ese imperio comenzó con Tlaltecatzin, en los primeros años del siglo XIII. Bajo el reinado de su sexto sucesor, Cacamatzin, llegaron los españoles al país" (DNM).
3. ***"La ley del verdadero dios"*** Concepto que aparece en Diego Muñoz Camargo: *Historia de Tlaxcala* (Madrid, Historia 16, 1986, p. 200).
4. **Chapultepec.** "Chapoltepec: Población cercana a la montaña de este nombre, al occidente de la ciudad de México, notable por su abundancia en agua y por un magnífico palacio de los monarcas mexicanos" (DNM).
5. **Tlacopan.** "Ciudad situada al occidente de México, en las orillas del lago de Tezcuco, en la región de Maçahuacan, capital de un estado poblado por tribus tepanecas (*Sah., Clav.*); hoy Tacuba" (DNM).

Carta vigesimosegunda

1. ***"Fuerte es..."*** *Cantar de los Cantares* 8:6. El versículo completo dice así: "Ponme como un sello sobre tu corazón, como una marca sobre tu brazo: porque fuerte es como la muerte el amor".
2. **Tzilacatzin** o **Zilacatzin.** Véase en Fernando de Alba Ixtlilxóchitl: *Historia de la nación chichimeca* (Madrid, Historia 16, 1985, p. 265).
3. **Cihuacóatl Ciuacatzin.** Véase Diego Muñoz Camargo: *op. cit.*, p. 224.
4. **Xicoténcatl el Mozo.** Véase *ibídem*, p. 230.

Carta vigesimotercera

1. ***"Amigos míos..."*** Texto completo en Diego Muñoz Camargo: *op. cit.*, pp. 229-232.

2. **Tepeyac.** "Tepeyacac: En la punta del monte. Poblado situado sobre una altura al norte de la ciudad de Tenochtitlan, hoy Nuestra Señora de Guadalupe. || Provincia limítrofe con la república de Tlaxcallan; capital del mismo nombre, al oriente de Chalco" (DNM).

Carta vigesimocuarta

1. ***"Pues que así sea..."*** Texto completo en Bernal Díaz del Castillo: *op. cit.,* p. 401.
2. ***"En verdad son entregados..."*** El texto completo, "Canto Tlaxcalteca Acerca de la Conquista" (en *Poesía indígena de la altiplanicie, op. cit.,* p. 62) es extenso; las estrofas reproducidas dicen: "[...] responde [...] el rey Cuauhtemoctzin: / Oh hermano mío, hemos sido presos, hemos sido engrillados. / ¿Quién eres tú la que estás sentada junto al Capitán General? / Ah, eres tú, ciertamente, oh Isabelita, oh sobrinita mía: / en verdad son entregados los príncipes".

Carta vigesimoquinta

Sin notas.

Carta vigesimosexta

Sin notas.

Carta vigesimoséptima

1. ***"Señora: no sientas miedo de tu hija..."*** Texto completo en Bernal Díaz del Castillo: *op. cit.,* p. 70.

Carta vigesimoctava

1. **Pochotl.** "[Bombax ceiba], árbol hermoso y grande de cuyas raíces se sacaba un jugo que se utilizaba como febrífugo (*Hern.*) [...] En *s.f.* pochotl significa padre, madre, jefe, gobernante, protector (Olm.)" (DNM).

2. ***"¡Oh, Malinche…!"*** En Bernal Díaz del Castillo: *op. cit.*, p. 532. Existen otras versiones sobre el discurso final de Cuauhtémoc; por ejemplo, véase José Luis Martínez: *op. cit.*, p. 435.

Carta vigesimonovena

1. **Tonantzin.** "Tonan o rev. Tonantzin. S. Nuestra Madre, Diosa de la tierra, también llamada Ilamatecutli, Noble vieja, y Cozcamiauh, Collar de maíz en flor (*Sah.*). Según Clavijero, esta divinidad sería la misma que la diosa de las cosechas, Centeotl o Xilonen. Su culto no se ha perdido completamente y se encuentra todavía mezclado con el de N. Sra. de Guadalupe (Aub.). […]" (DNM).

Carta trigésima

1. ***"Este pueblo…"*** *Marcos* 7:6.

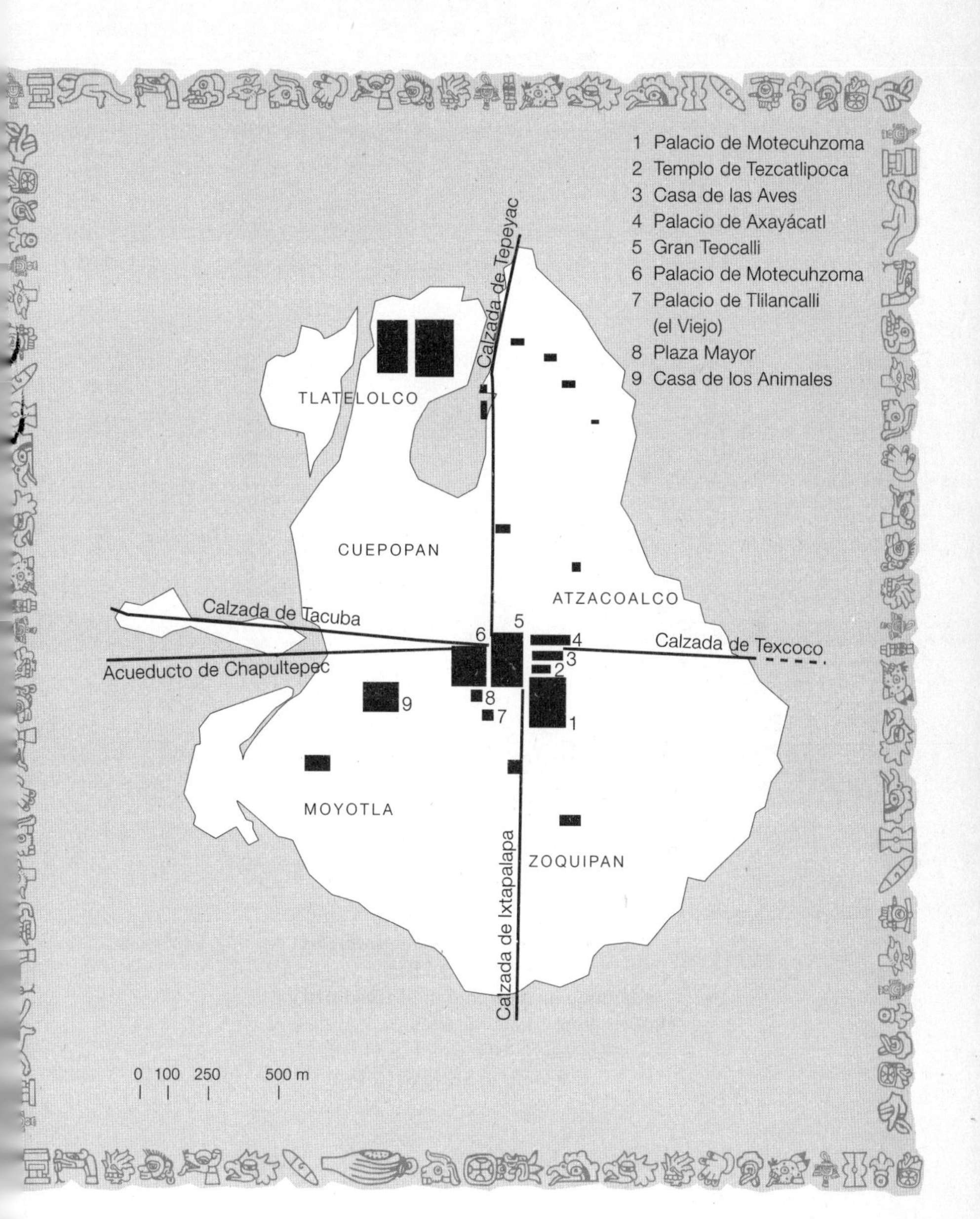

pa de la Isla de Tenochtitlan (Imperio Mexicano). Elaboración propia del doctor Cassio Luiselli, con base en 500 planos e la ciudad de México, pp. 22-23, extraído de su tesis doctoral "Hacia una sustentabilidad del medio ambiente en la zona metropolitana de la ciudad de México: indicadores y proyecciones hacia 2030". Cortesía del autor.

La verdadera historia de Malinche
de Fanny del Río
se terminó de imprimir en **Marzo** 2010 en
Drokerz Impresiones de México S.A. de C.V.
Venado N° 104, Col. Los Olivos
C.P. 13210, México, D. F.